我懂你的欲言又止

张丽钧 著

北京联合出版公司
Beijing United Publishing Co.,Ltd.

图书在版编目（CIP）数据

我懂你的欲言又止 / 张丽钧著 . -- 北京：北京联合出版公司 , 2019.3
ISBN 978-7-5596-2928-9

Ⅰ.①我… Ⅱ.①张… Ⅲ.①散文集 - 中国 - 当代 Ⅳ.① I267

中国版本图书馆 CIP 数据核字（2019）第 036797 号

我懂你的欲言又止
作　　者： 张丽钧
总 发 行： 北京华景时代文化传媒有限公司
策　　划： 阿　芒
责任编辑： 张　萌
版式设计： 张　敏
责任编审： 赵　娜

北京联合出版公司出版
（北京市西城区德外大街 83 号楼 9 层 100088）
北京中科印刷有限公司印刷　　新华书店经销
字数 242 千字　　880 毫米 ×1230 毫米　　1/32　　9.75 印张
2019 年 3 月第 1 版　　2019 年 3 月第 1 次印刷
ISBN 978-7-5596-2928-9
定价：45.00 元

CONTENTS

目录

第一辑
我懂你的欲言又止

我懂“怪兽”们的欲言又止，我懂那一份羞于诉人的苦楚是怎样偷走了她们一个又一个微笑的理由。

我懂你的欲言又止 … 002

隐秘的创伤 … 006

那个叫“勺”的女生 … 009

上等媚术 … 014

君心可晴 … 017

一颗心路过一张纸 … 020

空虚到拎个爱马仕包 … 023

叩问自我精神冷暖 … 026

每个人都是一座孤岛 … 030

不焚身，不甘心 … 033

一个女人的“欣赏史” … 035

读懂了女人，也就明白了世界 … 038

CONT

第二辑
眼睛能看到的爱

生命，是一根瞬间划亮的火柴，趁着这短暂的光明正被我们幸运地拥有，让我们张开慧眼，看重生命之轻，看轻生命之重。

眼睛能看到的爱 … 044

虫爱 … 048

卿卿如晤 … 051

爱情鸟 … 055

承诺彼此柔情相待 … 058

亲爱 … 062

疼爱 … 065

爱与宁静曾经来过 … 067

疯狂为儿子做“示范动作” … 070

让女儿“带钱约会” … 074

被欣赏的与被淘汰的 … 077

E N T S

第三辑
只将窄梦付宽春

人活在世上，仆仆地前行，在这遥迢的途程中，最沉重的其实并不是某种外物，而是自己那颗无法安定的心啊。

只将窄梦付宽春 … 082
自心华屋永不灭 … 085
惊喜力 … 089
执虚如盈 … 093
镇痛良药 … 096
遍地筛子 … 100
心安是福 … 103
借一双眼睛看世界 … 106
月下看猫头鹰 … 109
世界以痛吻我 … 112
拥抱大树 … 116
福流啊福流 … 120

第四辑
光阴偷不走的华年

在迢遥的未来，当朔风窃走了我的记忆，我或许能凭借一张叶脉别致的叶子，幸运地破解了岁月的密码。

光阴偷不走的华年 … 126
是你喂养了我饥馑的青春 … 129
那个写诗的女生 … 138
生命中的两份手稿 … 144
盘扣子 … 147
内生活 … 150
吾儿职场守则 21 条 … 154
三十已死，八十才埋 … 158
绽放或凋萎的理由 … 161
在大地上我们只活一生 … 163
感恩是门必修课 … 169
生命岂能定价 … 173

ENTS

第五辑
幸好迎来了你

让青春遇上挚友，让情爱遇上佳侣，让智慧遇上良师。让每一颗草莓都远离寂寥和怨怼，让她说："我爱过，也被爱过；我美丽过，也被欣赏过。"

幸好迎来了你 ··· 178

让我在鲜美的时候遇上你 ··· 181

为了迎接你的到来 ··· 183

这个星球有你 ··· 186

别丢了坎蒂德 ··· 190

想念小石 ··· 193

吃愁 ··· 199

领笑 ··· 202

校长请谁喝咖啡 ··· 205

韩老师和博士学生的秘密 ··· 208

我的祸福观 ··· 211

七瓣莲里的人生 ··· 213

CONT

第六辑
活成一座花园

从明天开始，做一个懂得取悦的人——揖青山以为友，邀花香以为伴，撷星光以为眼，挽江河以为带。

活成一座花园 … 218

海棠花未眠 … 222

俺姐姐 … 225

抬头看云 … 230

我见青山多妩媚 … 232

取悦 … 235

浇花 … 238

你可见过一朵丑陋的白云 … 241

青丝绕 … 244

舍我一些花籽儿 … 248

“牡丹花水” … 251

美丽的力量 … 254

ENTS

第七辑
疗愈

星云大师说：“唯有‘给’，才有好因好缘。舍，看起来是给人，实际上是给自己。”

疗愈 … 260

喜舍 … 263

佛心 … 266

摘棉花 … 270

补口红 … 274

可依靠的人 … 277

将你衔走 … 280

浸透生命的草香 … 284

纸灰飞作白蝴蝶 … 287

惠我良多 … 291

美丽的心灵 … 295

让生命在每一刻都说出得体的话 … 300

第一辑

我懂你的欲言又止

我懂『怪兽』们的欲言又止，
我懂那一份羞于诉人的苦楚
是怎样偷走了她们一个又一个微笑的理由。

我懂你的欲言又止

生活，把一份我们极不情愿接受的丑陋礼物劈头掷过来。

我曾经的语文课代表桐，现在已是某著名私企的小负责人了。那天她来看我，拉着我的手说："老师啊，一看见您我就秒变成了那个朗诵《关雎》的小女生！幸福得好想哭……"

我俩聊天聊地，聊得好不畅快！

桐聊到她的老总时说："他的目光里藏着两把刀，剜你一眼，你立马残废！"

我大笑，说："不愧是我的语文课代表，修辞手法用得妙！"

桐说："老师，这是我真实的体会。再跟您说个细节您就明白了——我们开会常常一开就是四五个钟头，中间的饭点，被老总踱扈忽略。一开始，我会跑洗手间，离席时也不见人拦，回来后老总就一眼一眼使劲剜我。后来有个同事悄悄告诉我：'开会时不可以跑洗手间，用上拉拉裤吧——我们都用着呢！'从那儿以后，只要开会我就用拉拉裤。老师，就算您再善于想象，也想象不出一个没有尿失禁的健康人当众私底下'方便'时的惊恐万状和尴尬万分！比剥衣示众还要命啊！一点点、一点点地来，全身紧张得要筛糠，脸上滚烫得要着火……就算香水洒得再足，也担心被人闻到异味。老师啊，当众做一次这样的事，你就明白了'不安全感'一定是地狱人最普遍的心理状态……"

桐说完了，眼里含着屈辱的泪。我不知该如何安抚她，只会攥着她的手，低声重复："唉，拉拉裤。唉，拉拉裤……"

大概三年以后，我开始试着说服母亲用拉拉裤。

文化馆文艺教导员出身的她说："我可不用尿不湿！"

我说："人家不叫尿不湿。"

她说："那我不用纸尿裤！"

我说："人家也不叫纸尿裤，人家叫拉拉裤！——多洋气的名字啊！你知道吗？宇航员在太空里都是用它，还有那些漂亮的白领，开个长途车啦，开个长时间的会啦，也都离不开它。咱选的这种拉拉裤质量是顶好的，不捂不闷，没有异味，你穿上就知道它有多好了。”

母亲用狐疑的目光看着我，对我这段“拉拉裤广告语”充满了抵触与反感。但是，被尿失禁折磨得苦不堪言的她，就算抵触，就算反感，还是万般无奈地用上了拉拉裤。

那天，正跟同事谈工作，淘宝客服来电话了，问我这次究竟要三回分的还是要五回分的。我说：“两包三回分的，一包五回分的吧。”

挂了电话，同事问我：“在买什么宝贝呀？”

我说：“给老娘邮购的拉拉裤。”

同事好奇地问：“怎么还三回分、五回分？是折扣吗？”

我说：“不是，三回分就是可容三次尿量，五回分就是可容五次尿量。”

她听了惊呼起来：“居然分得这么细！质量好吗？”

我少不了把对母亲说的那套“拉拉裤广告语”对她念叨了一遍。她又详细地询问了牌子、优惠力度等。我知道她双亲已经过世，在世的长辈只有一个姑姑了，便问她是否想推荐给姑姑。她脸一红说：“我自己需要呀，还有，咱们同事××、××也都需要啊……”

我惊得半天说不出话。

我做梦都想不到，就在我眼皮子底下，她们——年轻、漂亮、时尚的她们，一站在讲台上就开始忘我放电的她们，居然也用着被我的学生声泪俱下控诉、被我的母亲万般无奈接受的拉拉裤!

直到看了公益短片《我的妈妈是怪兽》，我才知道了在中国有三分之一的女性生育后患有不同程度的尿失禁！片中的女主人公“不爱笑，很爱哭，不敢喝水，不敢提重物，每天去 26 次厕所”。当她弯腰将撒落一地的桃子捡起时，她的裤腿湿了，她的鞋子湿了，她脚下的地面湿了……

生活，把一份我们极不情愿接受的丑陋礼物劈头掷过来，然后，幸灾乐祸地看着我们泪流满面地将这份令我们避之唯恐不及的礼物搂进怀中。你看到了飘逸的长裙、干练的短裙、性感的紧身裤、潇洒的阔腿裤，你看不到让人忧闷欲死的拉拉裤。生计与疾患，粗暴地掠走了多少人的安全感?多少人在隐忍中含泪弯腰捡起那碎落一地的尊严?

我的妈妈是“怪兽”，你的妈妈是“怪兽”，数亿人的妈妈都是“怪兽”啊！我懂“怪兽”们的欲言又止，我懂那一份羞于诉人的苦楚是怎样偷走了她们一个又一个微笑的理由。

永远不要忘记，世界上有一种悲苦的裤，叫拉拉裤……

隐秘的创伤

能够诉人的伤得浅，不能诉人的伤得深。

上小学的时候，我跟同学打架，胳膊上挂了彩。回家不敢让暴脾气的外祖父知道，便在大夏天里天天穿长袖衣服，以掩盖伤痕。

发现这段经历似乎有着某种象征意义，是多年以后的事。

总是被伤着。身上有太多隐秘的创伤。即便是最亲密的人，也不能或不便相告。

起初，根本没料到自己是奔着一个伤口去的。欢天喜地地，向着惹得自己心动的方向进发了。那快乐自然也是隐秘的，没想到要与谁分享。只是自己的口与自己的心频频对着话，有意让其中的一个站到另一个的对立面去讥诮她、嘲讽她，劝她回头，但另一个却是才思敏捷，口齿伶俐，几句话就把那个挡道的东西给撂倒了。明知道自己原是偷偷偏向着那个一门心思谋着做傻事的自己，却奈何不了她，只好由她去了。

看山不再是山。想回头，却止不住惯性的脚步。

必然的创伤必然地来了。

四周全都是人。我突然就流泪了。蹲下，假装靴子出了问题。把一个装饰扣襻解开又扣上，扣上又解开……真怕此刻有个不长眼的家伙热忱地陪我蹲下，殷勤地问："喂，需要帮忙吗？"

以为下一次能长记性，可是偏不能。

捧出一颗心，任小鸟来啄。小鸟当真来啄了，才知道心痛到底是怎样一种况味。

夜来，无眠。悄悄检点自己隐秘的创伤。总想用高傲命名自己的灵魂，可在一个特别的时刻，她却甘愿与卑微为伍。她不惜降低自己，为的是衬出一朵花的美丽。她的痛苦多源于对世界要求的过分——在春天之外再要一个春天，在少年之后再要一回少年。被回绝的时刻，她不禁莞尔，身上，却分明有了伤痕。"你是因爱受伤。"——她这样对自己说。她想起了自己面对一份爱曾是多么嘴硬，她说："我不爱你，我只是爱上了爱你的那种感觉。"那种感觉，是抛撒着玫瑰花瓣走在刀锋上的感觉。痛，瞬间从足底传到心尖；

她却强令自己笑靥如花，衣袂飘举，在纷飞的花瓣雨中走成一个快活仙子。多少年，一心巴望着有人能睁开第三只眼看到自己身上隐秘的创伤。“如果有人猜到了，索性就朝他和盘托出！”终于遇到一个也有着隐秘创伤的人，但是，在得知了伊人内心的秘密并陪着伊人慷慨垂泪之后，伊人向她索要故事，她竟恬然背叛了自己。

能够诉人的，伤得浅；不能诉人的，伤得深啊。

战战兢兢地跟自己说：遍体鳞伤之后，便再没有可伤之处了吧？哪知这回又错了。因为，同一个地方，居然可以反复承载创伤……

那一天，跟一个小我 11 岁的女孩对聊，发现她竟是个可遇不可求的听者，便毫不隐讳地告诉她，说：“我的生命史，就是我的受伤史啊……”她听了浅浅一笑，说了一句日后被我反复微笑着忆起的话：“妙人儿大都如此。”

那个叫“勺”的女生

校长，我可以叫您一声妈妈吗？

那年招生的时候，教务处的老师笑着对我说：“今年录取的新生中有个女生叫勺——勺子的勺。这名字，怪死了！”

第一次与勺见面，是在校园里的那一小片花生地前。上课的预备铃响了，还有个单单薄薄的小女生站在那里，老远冲着我笑。我问她：“你怎么还不快回教室啊？”她说：“校长，我在等您过来。我想告诉您，花生地里的草是不能拔的。您看，拔了草，带出了这么多小花生，都糟践了，多可惜呀！我们家种过花生，拾掇花生地，我可是个行家！”我夸赞了她，顺便看了一眼她的胸牌，居然，她就是勺。

再见到勺时，是在食堂。我端着餐盘凑到她跟前，告诉她，她一句话保住了许多花生的小命，秋后该奖励她多吃儿粒花生呢。她含着一大口饭，开心地笑出了声。我问她："你名字为什么不用'芍药'的'芍'呢？——你见过芍药吗？原先，你们宿舍后面那儿就有一大片芍药，春天开花，可好看了！"她说："我只在电视上见过芍药开花，没见过真的。当初我爷爷给我起名的时候，起的就是'勺子'的'勺'，说是名字孬，好拉扯。"我笑指着她手中的不锈钢勺子说："勺用勺，勺咬勺——这太有趣了！"

后来，德育处遇到了一桩挠头的事，一间女生宿舍的几个住宿生一同找到德育处主任，说她们宿舍老丢东西，小到纸巾，大到毛衣，什么都丢。德育处主任问她们是否有怀疑对象，她们异口同声地说："是勺！"

"她们有什么根据说是勺干的呀？"我有些激动地质问德育处主任。他嗫嚅道："她们也没啥根据，就是觉得勺来自农村，家里挺穷的。另外，这个宿舍里，别人都丢过东西，就勺没丢过。"我说："其实，你刚才所说的前一条就可以解释后一条——正因为勺家里穷，她的东西都不值钱，所以才不会招贼呀！另外，勺要是挨个儿偷，偏偏把自己剩下，那不是不打自招了吗？一个人得蠢成啥样才会这么干呀？"

很快，勺的班主任跑来找我，说大家错怪了勺，让我千万别生气。想着那个单单薄薄的小女生因为家穷就无端地被人怀疑成小贼，我的眼睛禁不住酸涩起来。

几次大大小小的考试，勺的班主任都是在第一时间就将勺的成绩和排名发到我手机上。勺的成绩不太好也不太坏，波动也不大。

寒假开学后的一天，勺的班主任问我："勺怎么没有来上学呀？"我说："是吗？我不知道啊。你给她家打个电话问问吧。"她惊异地看着我说："您不知道吗？她家没有电话呀！——我想法子找同学问吧。"

没有等来勺，却等来了勺的父亲——一个独臂的男人。他是来为勺办转学手续的。

我问："怎么刚读了半年就转学呀？"

勺的父亲唉声叹气地说："说出来您可别笑话，勺的妈妈 8 年前跟一个小老板跑了，我这个废人，又当爹又当妈，省吃俭用，一心想把勺供出去。去年，我表弟在三门峡市给我找了个差事，我一天到晚惦记着勺，不能踏实干活呀。这回，我下决心把勺弄到我身边去，可户口又迁不过去，高三后半年，她还得回您这学校来，在这儿报名参加高考啊！勺老跟我说您喜欢她，对她好，她可舍不得您呢！——这不，她还给您写了封信。"

信是封死的。我撕开信皮儿，看到了下面的文字：

校长，我可以叫您一声妈妈吗？我本来想当面向您告别，但我没有勇气，还是让我用书信的形式来跟您说说心里话吧。我们宿舍同学丢的东西，确实都是我偷的（我似乎看见了您无比失望的眼神）。事发之后，我吓得要死。我跟班主任说：'求你别让校长知道好吗？其实我家跟校长家是亲戚，校长是我一个远房姑姑。可校长嘱咐过我，不让我跟别人讲。'我无耻地利用了您对我的好，我编造谎言，骗过了班主任，使他不再追究我偷窃的事。我从小就有小偷小摸的毛病，为这也曾受过皮肉之苦，可很难改。我甚至把这一切归咎于我的名字——勺，总想舀别人碗里的东西，唉，这只不争气的破勺啊！但这一回的偷窃，却真成了我生命中的最后一回。您知道这是为什么吗？就因为德育处主任把您跟他说的话转述给了我。您对我的人品是那样深信不疑（尽管我不值得），您不假思索地为我辩护。您知道吗？那天晚上，熄灯了，我猫在被窝里，哭着咬破了自己的手指，我跟自己说，你要是再生出偷窃的心，就去摸电门吧！校长妈妈，我会跟班主任说出实情，我会设法还清舍友们的东西并向她们道歉的。校长妈妈，您笑一下好吗？您笑一下，我离您多远都能感觉得到啊！

署名竟然是——"芍"。

我擦着夺眶而出的泪水，笑了一下。

勺的父亲惊慌失措地问："这孩子都瞎写啥了？弄得校

长又哭又笑的？”

我说：“没啥。你回去告诉勺，就说我爱她；还有，你跟勺说，今年开春后，我们学校除了种花生，还要栽芍药，勺高三的时候，欢迎她回来看芍药花……”

上等媚术

藏好了自己的嗜好，就阻断了狐狸通往自心的道路。

近读清人沈起凤的《狐媚》，感慨良多。

那是一个类似《聊斋志异》的志怪故事——宁生是一个生性狷介的书生，独自在废园读书。废园多狐，宁生心知，但不惧。朋友劝他离开废园，他说："狐所挟以媚人者二：贪淫者，媚以色；贪财者，媚以金。我两无所好，唯好架上书。媚术虽工，遇我亦不售矣。"好生佩服这个宁生！你骚狐所善攻的，无非人的贪欲，我不贪，你高强的媚术自然就派不上用场了。入夜，果有一狐至。宁生一眼识破，喝令它"曳尾遁耳"。但它不走，先是拿言语奚落宁生，继而开始引经据典卖弄自己的文史知识，为"狐狸"正名……宁生听得"石化"了，居然敬慕不已地说："今闻高论，愿为书友。”于是两人共坐读书。后来，狐巧借“男女构精，万物化生”之词挑逗宁生，宁生方寸大乱……自此，二人关系由“共坐”升级为“共寝”。再后来，宁生“神疲气殆”“沉绵床褥”，他的朋友感叹道：你中了上等媚人之术了！以色媚人，色衰则爱弛；以金媚人，金尽则交绝。只有那种看起来有君子之风，却大行小人之道，择其所好以投之的媚人之术，才是防不胜防的啊！须知，媚之术越是变化多端，其杀伤力也就越强。宁生听罢，“矍然悔悟”，怎奈为时已晚，半载之后，命归黄泉。

那狐狸，绝对堪称“狐狸中的战斗机”。面对一不贪色、二不贪财的宁生，它果断选择了“雅媚”——你不是“唯好架上书”吗？那好，咱们就谈文说史，从大禹到文王，从《山海经》到《周易》，我皆可娓娓道来，且眼界开阔、见地超拔。待你的防线被一点点攻破之后，我可就开始讨债索命了。

擅长“雅媚”的狐狸是不会绝种的。今天，它又在哪里施展“上等媚术”？又撂倒了几多“不贪财色”的宁生呢？

在这个“后门心态”盛行的时代，手里握有权柄的人，不同程度被人仰视、被人央求；抛开恶劣的“权力寻租”者不说，单说那些“爱惜羽毛”者流。你看重清名，不等于有捍卫清名的能力。你称你不重财色，唯有某项“雅嗜”——

糟了，这看起来颇提升你品位的清雅嗜好，就极可能为别有用心者提供可乘之机。你不是喜欢字画吗？那好，我负责奉送大唐真品。你不是喜欢摄影吗？那好，我负责奉送专机航拍。你不是喜欢题词吗？那好，我负责奉送巨额润笔。你不是喜欢“发明”吗？那好，我负责奉送“专利署名”……瞧，擅长“雅媚”的狐狸传承起家业来何其与时俱进、何其令人叹服！

当代“宁生”们的明智之举是“藏好自己的嗜好”。藏好了自己的嗜好，就阻断了狐狸通往自心的道路；没有了“共坐”“共寝”，自然也就远离了命危、命断。

君心可晴

坏心情不需要任何理由，好心情也是。

“君心可晴？”这是我通过手机短信问候远方朋友的一句话。很快，朋友就回复了，居然是：“君心可晴！”

对着阳光微笑，再一次感到汉语的无限美好——我殷勤地探问朋友的心空是否晴朗，当然，这里面也蕴含着我的一个未曾明言的祝愿，那就是，唯愿朋友的心恰如那“蓝蓝的白云天”；朋友复我时，巧妙地将我原先用以表疑问的“可”字改换成了表可以的“可”，用不容商榷的口吻告诉问候者，你的心空是不应该有阴霾与云翳的！这有硬度的祝福，恰如那一句“你必须幸福！”当然，这个机智迅捷的回复也透露出了这样一层意思，那就是，此刻，祝福者的心空亦未曾落雨。

走在阴晴无定的四季，老天的脸色就是变给你看的，你掌控不了这一切，你所能够做的就是被动地接受，接受微风惬意的吹拂，也接受狂风肆虐的鞭挞，接受那“润如酥”小雨的多情爱抚，也接受“大如席”雪片的无情扑打。卫星云图永远做不成你的“解语花”，由着你的心性儿派送阳光抑或派送风雨，它只是预先知会你它将要怎样怎样，你断然没有“民主参与”的机缘。

但是啊，你可以做自己心情的主子！

我曾经有一个同事，经年累月地做着自己心情的奴才。他应该是个典型的胆汁质的人吧，凡事不可遏抑，激愤的咆哮几乎成了他生命的常态，发作过后就往嘴里塞速效救心丸，于是，办公室便总弥漫着一股驱不散的那种丸药所特有的味道。他似乎也意识到了自己的心情需要拯救，便在办公桌的玻璃板下压了一幅自书的座右铭：“愤怒，等于用他人的过错惩罚自己。”大约在这位仁兄压了那名言一周之后，单位聘请一位专家来作报告，那专家出语惊人：“一些人总是喜欢把自己做不到的事儿编成座右铭，供起来。”与“胆汁质”同一办公室的人全都憋不住哗然大笑。散会之后，“胆汁质”怒吼着，连玻璃板带座右铭全部痛而毁之。

坏心情不需要任何理由，好心情也是。

我博客的“友情链接”只链接了一个人，一个与我同姓的爱笑的天使。总觉得她是为了开发我的好心情而闯进我的世界的。身心俱疲、苦不堪言的时候，我就遁入她的天地，听她讲自己在一个毛绒玩具厂辛苦劳作时怎样靠着居里夫人的故事取暖，看她面对阿尔卑斯雪山时兴奋地宣称要“站起来”拍照。她总是笑靥如花，唇膏美艳，皮鞋锃亮。她每一篇博文后面都有无数跟帖。我注意到，在一个特殊的日子里，她在凌晨三点发表了新博文，热心的人们问她：“这么晚了还没睡？”“这么早就起来了？”“因为这个日子特别所以睡不着吧？”我也跟了帖，说：“姐姐让我感到了这个世界的暖。”——那个日子是“国际残疾人日”，这个爱笑的天使就是张海迪。

如果发明一个“心情按钮”，我想没有人会不愿意将按钮永远调到“愉快”的位置，而修炼心儿的慈悲度、宽阔度、高远度、明亮度，无疑是有助于“心晴”的。在生命的列车上，我们说不清自己最看重的人或物会在何时下车，连同我们身体的某一部分，都有可能不会陪同我们走到终点，只有心情，是我们一生不离不弃的契友，是与我们的生命“等长”的东西。即使我们没有安装“心情按钮”，我们也不是完全没有可能在哪怕是阴雨连绵的日子里悉心营造一个“局部晴天”。心儿晴好，你才能活得美，活得赚！

——君心可晴？

——君心可晴！

一颗心路过一张纸

我多喜欢看杨莽像水滴释放涟漪一样从容释放他的诗心。

因为喜欢精美别致的句子，所以做了语文老师；因为做了语文老师，所以越发喜欢精美别致的句子。

我教过一个锦心绣口的学生，名叫杨莽，他特别善于驱遣驾驭汉语言文字。判他的作文的时候，我总声称自己“不舍卒读”——舍不得一口气读完，就像吃最可口的东西，忍不住要省着吃，细细品味并努力延长那美妙无比的滋味。

杨莽是这样描摹春天的：“春天，点亮了花朵，唤醒了蜂蝶，打痛了百灵。”

杨莽是这样描写水滴的：“一滴水，落在平静的湖面。湖水说：痒——”

——噢，却原来，“痛”和“痒”还可以这样用！我好崇拜我卓异不凡的弟子！

类似这样的句子，杨莽几乎是可以批量生产的。而身为语文教师的我，就在这样的句子面前幸福地沉迷。我痴痴地想，那被杨莽捏在手里的，该是怎样一支灵秀的笔呀！它把百灵的鸣啭说成是因遭到春光的猛然击打而发出的娇啼；它从一滴水碰触到镜面般的湖水的那一刹那感到了一阵阵痒意。我多喜欢看杨莽像水滴释放涟漪一样从容释放他的诗心，我多喜欢听杨莽像百灵说解春天一样娓娓说解他的情怀！我总是不忍独享杨莽这些精美别致的句子，激动不已地高声诵读给办公室里的同人听，直听得语文老师们齐声欢叫起来。

我把杨莽的诗拿给我写诗的丈夫看。他看后很黯然，幽幽地说："你必须承认这世界上有天才。"他留下了杨莽的几首诗，说是要帮忙寄给全国顶级的诗歌刊物《诗刊》。没想到，《诗刊》竟很快就刊发了杨莽的几首玲珑小诗。于是，我和几个与我一样热爱着汉语言文字的语文老师越发坚定不移地充当起了杨莽的铁杆"粉丝"。

杨莽要高考了。我破天荒地鼓励他用诗歌写作文。

他写了，并且获得了骄人的高分。但是，他因只有语文单科成绩突出而其余四科成绩平平落榜了……

多少年过去了，我一直不能忘怀杨莽和杨莽笔下的文字。我在课堂上拿出他的诗做范例，直听得他的学弟学妹们惊叹不已。但后来，我得到了一个确切的消息，说杨莽做着一份远离诗歌的体力活儿，薪水低得可怜。

我好心疼那颗诗心，好担忧粗糙的日子会磨损了那美丽的情怀，好害怕那支被缪斯深情地亲吻过的笔会落满尘埃。我有一个痴望，愿尘世中的人们在遇到那支敏感灵秀的笔时不要轻慢，不要忽略，认出它，珍惜它，让它依然保有用精美别致的语言说出自己内心痛痒的兴致，让它爱着，兴奋着，开出属于自己也属于世界的无可替代的花。

一颗心，路过一张纸，欣然卸下了自己的欢喜或忧伤，看见的人应当珍视，也应当认真想一想，该怎样赋予那善感的心更多歌唱而不是悲吟的理由？

空虚到拎个爱马仕包

我们的心空，是一方不大的天地。

那天，我拎着个杂牌包去参加一个活动。有个陌生的小姐妹，目不转睛地盯着我的包看。最后，她忍无可忍地问我道："那个，你拎的这是爱马仕包吗？"我沉吟了一下，然后笑着对她说："我得空虚到什么程度，才会拎个爱马仕包呀！"

在网上看过一个小女孩炫富，对着镜头摆弄她的那些惹同龄人眼红不已的宝贝——这是什么什么牌子的手表，你买得起吗？哼！这是什么什么牌子的铅笔盒，你见过吗？哼！……她炫一件宝贝就"哼"一声，"哼"得那叫带劲！拿鼻孔吹气，气浪恨不得冲破屏幕掀翻电脑前端坐的人。我无比同情地看着这个长得不算太寒碜的小女孩，悄悄在心中对她的父母说：你们，究竟为孩子做了怎样的榜样？这个原本干净纯真的小人儿，才几年的工夫就让你们给戕害成这等模样了?!

一个没有丝毫精神追求的人，其对物质的迷恋往往可以达到变态的程度。你看那个锒铛入狱的官员，回忆起当年有人拍他马屁为他在欧洲庆生："点了一条鳄鱼尾，那条鳄鱼尾有一米多长！"他讲这话时，眼里依然放光，既有毕竟享用了那条一米多长的鳄鱼尾的得意，又多少有点对无缘这条美味鳄鱼尾的听讲者的鄙夷。我可以肯定地说，这个"味蕾高于天"的家伙，一定在梦中反复温习欧洲庆生宴会上吃鳄鱼尾的令人陶醉的情景——就像莫扎特陶醉于他的音乐?就像罗丹陶醉于他的绘画?就像邓肯陶醉于她的舞蹈?（唉，这类比真让人想哭）那瞬间的"巅峰体验"，或许令其新婚之夜也黯然失色了吧?

"物化"，不由分说地绑架了多少同胞?吃一米多长的鳄鱼尾，拎正宗的爱马仕包，这是多少男女说不出口的人生追求啊!

我们的心空，是一方不大的天地。塞满了物质，精神就被边缘化了；塞满了精神，物质就被边缘化了。在那档著名的择偶节目中，搔首弄姿的女子们差不多人人都可以在额头勒一布条，上书："柔荑灭灯，实以君穷！"想想看，对一个"宁肯坐在宝马车里哭，也不坐在自行车上笑"的女子而言，她难道不是已将自己设定成了一席明码标价的“女体盛”？

在我看来，一个人，如果缺乏世俗生活之外的“超越意识”，就会将“此身”的安顿视作天大的事。然而，在“此身”之外呢？我们可怜的灵魂，竟活该被踢进阴沟里在污水中潜泳吗？无数的事实一次次毫不客气地打痛我们的脸——越是挖空心思地想安顿好“此身”，越是难以安顿好“此身”，就像钻钱眼儿者对那“终朝只恨聚无多”的金银的渴盼，越想聚得多，越是散得快——金银厌恨奸佞。

空虚到拎个爱马仕包，亲，你真的活亏了。

叩问自我精神冷暖

谁敢说自己没有走到“边缘”的时候呢？

那是一帧公益宣传画：斑驳的墙，贴了一张纸，在纸的右下方，镂空成一个身子前倾、奋力朝前伸出双臂的“阴人”；而纸张被掏出的部分，则构成了另一个人——一个和纸上的那个人两面相对、四手相连的“阳人”。纸内那个“阴人”，在拼死拉住纸外那个“阳人”。我仿佛听见“阴人”在对“阳人”疾呼：喂，兄弟，不能这样跌下去！

这帧公益宣传画有个发人深省的标题：拯救边缘的自己。

初看的时候，我以为它不过是在向那些“瘾君子”发出忠告。后来，我发现我错了。

谁敢说自己没有走到“边缘”的时候呢？“边缘”总是热情地赶来邀召我们好奇的双脚。幼年时期，我们可以用

“贪玩”来为自己辩护，可是后来呢？后来，“贪玩”竟将我们当成了它的吊线木偶，只要它提拉某根线绳，我们就开始不可遏抑地抽搐或舞蹈。

身体里总有两个“我”在拉锯。一个“我”任性地倒下去时，另一个“我”赶忙跑来营救。两个“我”之间的战争，是那样惊心动魄。星月眠去，体内干仗的双方却毫无睡意，愈战愈酣。不知为了什么，我们跟自己作战的时刻总是多于我们跟他人作战的时刻。

“瘾”是怎样一个汉字呀？那是一种病，一种深隐于心、羞于告人的病。为“瘾”所引，人就容易一点点迷失自我。认识一个人，被“瘾”牢牢地罩住了，不能自拔。太想劝他回头，岂料，他竟发来短信宽慰我：“兄固愚，亦深知：慧极必伤，情深不寿，强极则辱，谦谦君子，温润如玉。”我彻底无言了。面对一个连自己的心都可以巧言骗过的人，我又能说什么呢？后来，他果真就陷落了。他是被“甜”这种东西给击溃的呀。他大概不知道心理学上有个“延迟满足”理论，只晓得一味纵宠着自己的胃口，超前满足、超量满足。结果，恰如《好了歌》所言：“终朝只恨聚无多，及到多时眼闭了。”

凯利•麦格尼格尔在《自控力》一书中说：“人生来就能抵制奶酪、蛋糕的诱惑。”但她又说：“只有在大脑和身体同时作用的瞬间，你才有力量克服冲动。”我们不能设想，当一个人的身体决然扮演起了大脑死敌的角色，它们可该怎样联手去抵御“奶酪、蛋糕的诱惑”呢？在书中，凯利·麦格尼格尔殷殷叮嘱我们：“忠于你的感受。”——问题是，你懂得什么才是你最真实的、值得“忠于”的感受吗？想想看，当那个“阳人”自顾自地跌下去的时候，他未尝不忠于自己的感受；而当那个“阴人”援手相救时，他也是在忠于自己的感受啊！当“贪、嗔、痴、慢、疑”的罡风竞相吹拂无辜的生命，怎样的定力，方能让你的心旌不随之摇摆？

人人心中住着一个魔，这个魔可能是“青面鬼”，更可能是“桃花面”。拒斥“桃花面”，需要动用更大的心劲儿。

“无心非，名为错；有心非，名为恶”，我们聪慧的先人，就是这样简明界定“错”与“恶”的。如果用这把严苛的标尺来衡量现代人的行为，恐怕“作恶多端”者遍地皆是了吧？生命本身的不和谐，使我们总是不肯轻饶了自己，犯愧对自我的错，作愧对自我的恶。生命何其佳妙，一个人的战争何其惨苦！注定了，一种细腻绵长的救赎，将伴随我们漫漫一生。

边缘风厉。边缘的自己，是被风吹乱了的自己。乱了发，乱了衣，乱了心，乱了神。那最初的纯真被谁人掠了去？那曾发誓用履底读遍人间好风景的少年将鞋子典当给了哪阵熏风？谁在整理心绪的时候不期然收获了一团又一团的乱麻？

珍视生命，就是要学会叩问自我精神的冷暖。拯救边缘的自己，就是为世界点亮一盏星灯。

每个人都是一座孤岛

它几乎成了一种普世性的负面心绪。

在网上看到这样一则消息：英国埃塞克斯的一个设计师设计了一款神奇的抗拒孤独的背心。这款名叫“Squease”的背心乍看上去跟普通的背心没什么两样，但是，它附带着一个手压泵，穿着者用手按手压泵，就能为背心充气；背心充气后，穿着者就获得了“被拥抱”般的感觉，从而使孤独感得到一定程度的缓解。

看着设计者演示这款背心使自闭症患者心情得以平复的视频，突然想到了一个孩子。问自己：那个孩子，是否需要一件“Squease”背心呢？

那孩子名叫正男，是日本影片《菊次郎的夏天》中的主角。九岁的正男，父亲亡故，母亲远走，他与年迈的奶奶相依为命。正男几乎不会笑，是个异常“阴沉”的孩子。暑假来了，正男的同学们都去各地度假了，正男没有了玩伴，独自一人沮丧地带着足球去了足球场。大大的足球场，小小的正男。一个人，怎能玩得起来？他把足球放在脚下，欲要踢时，却悲伤地直挺挺躺在了足球旁边……他被菊次郎带着去寻母亲，不想母亲已成为另一个温馨小家的女主人了。接下来，菊次郎导演了一系列试图逗这个孩子欢笑的滑稽剧，但是，正男心中巨大的孤独是任何人都驱逐不散的。

清楚地记得，当年，一个女友看完了影片后曾跟我说："我做梦都想着抱一抱那个可怜的孩子。"说实话，我不能接受北野武把影片的后半段拍得那么无厘头，但是，是那个令全世界的女人都生出了"抱一抱"之心的正男，让我欣然原谅了北野武的离谱。我想，正男大概称得上是"孤独"这个词的合格代言人了吧？在需要爱护的年龄，却被忽略，被遗忘。在整个片子中，正男笑得都很薄，仿佛一层敷衍的糖衣，裹着经年散不尽的苦味。

其实，"正男式孤独"不仅仅属于正男，它几乎成了一种普世性的负面心绪。诗人有诗道："每个人都是一座孤岛。"今天，再没有人会说"通川溢水断相闻"，也再没有人会说"无情对面是山河"，然而，真正的阻隔却搭乘着高铁、驾驭着电讯、骑坐着网络，呼啸而至。

有个心理辅导师曾教我做过一套名曰"蝴蝶拍"的放松

操，大致就是模拟蝴蝶扇动翅膀或母亲拍打婴孩的样子，给予自我一种爱抚，借以消除内心的孤独与焦虑。我不知别人在做“蝴蝶拍”时心情如何，反正我每次做，都会被引逗出更繁盛的孤独与焦虑。

特蕾莎修女把一件珍贵的礼物送给了太多太多的穷人，那礼物的名字就叫“拥抱”——她真情拥抱流浪者、贫苦者、溃烂者、濒死者。她用实际行动消灭着人间的“正男式孤独”。

正男，如果让你选择，你是想要一件价值 245 英镑的“Squease”背心呢，还是想要一个带着体温的、不必付费的拥抱？

不焚身，不甘心

每一滴水，都怀着扑灭冲天大火的热望。

悲伤的父亲坐在我们对面，眼角带着泪花。他说："我们全家商量好了，放弃手术。"

我们谁都没搭茬。

他接着说："车祸造成孩子颅内出血，内脏都有不同程度损伤，但这问题都不大，最要命的是伤到了脊椎，脊髓断裂，就算是手术成功，也要高位截瘫，生活不能自理；肇事司机家境也不富裕，他开的是别人的车，那车只交了'交强险'，司机说他准备去坐大牢了；我是个残疾人，孩子的妈妈又体弱多病。长痛不如短痛吧。唉，往后，老师们也就别再惦记着他了……"

半晌，有个老师问："孩子一直处于昏迷状态吗？"

悲伤的父亲说："昨晚清醒了片刻，叫了声'妈妈'，迷糊中还说‘要橡皮’……”

我流泪了。

我们都流泪了。

我想问：“如果孩子再清醒一点，如果孩子开口恳求‘救救我吧’，那可怎么办？”但是，话抵到舌尖，又被我强行咽了下去。毕竟，这或许是这对悲伤的父母所做出的最明智的选择。

我们没敢贸然拿出事先准备好的一袋子捐款。我们不敢用这些钱去干扰这个不幸家庭与血和泪所做出的决定。

那就让它换一种方式去撑起这个风雨飘摇的家吧。

大约三个钟头之后，悲伤的父亲又来了。他说：“真对不住！我们又开了个家庭会议，我们决定把家里的两头奶牛卖了，孩子的舅舅说要把自家的房子卖了。我们要给孩子做颈椎手术！”

我们几个人几乎同时冲过去，拉住了那位父亲的手，大家一起笑着，但每个人都已泪流满面。

我们把那袋捐款拿了出来。直到这时我才明白，它们，压根儿就不是为了别的目的聚拢到一起来的。就算它们还可能派上更为合理的用场，就算它们能换来一个少年九泉之下的含笑，它们也是怅恨的。因为，它们就是为了牺牲而来，每一滴水，都怀着扑灭冲天大火的热望，不焚身，不甘心。

一个女人的“欣赏史”

上帝偏爱你，才让你尝尽人间百味。

我友，善谈。一日偶然与她聊起“欣赏”这个话题，女友慨然坦言自己对异性的“欣赏史”——

懵懂孩童的时候，性别意识刚刚萌芽，当然是欣赏“父亲级”的成熟男人，觉得他就是天。那时候的欣赏，其实更像是膜拜，教徒对神灵的膜拜。膜拜的心十分空落，以为自己今生都不可能获得与他平齐的机会，他会永远领跑你，只给你一个遥不可及的后背。

待到长成了一个会想葱茏心事的少女时，自然要欣赏帅气的男孩。追星的日子，特别甜美，把那人某时某刻的眼神千回百转地想了又想，忆了又忆，模仿它，玩味它，整个人都陷了进去，不能自拔。情窦初开的心，暗许着身边的某个美少年，喜欢看他被老师叫到黑板前做题的样子，喜欢看他因为蹿个儿太快而稍稍显短的裤腿，就算他遵从着老师的指令从自己手里收走了一个作业本，也要把他取本子的动作一次次回味琢磨，试图从中挖掘出一些别样的意味。那时的欣赏，其实是羞于告人的爱恋。一棵隐秘的植物，疯长了很久，又无声无息地凋零，在不为人知的伤感中，成泥，成灰。

初为人妻的时候，欣赏温柔浪漫的男人。看电视剧里的女人被爱她的男人万般宠爱地拥吻，心里不免生出哀怨，以为自己的那个他，总是欠缺那么一点点。闲时，就喜欢做这样的梦：隆冬时节，世界粉妆玉砌，你一个人忧郁地走在无垠的雪野，突然，一架飞机在你身后抛落数万枝玫瑰！鲜艳的花，以千姿百态委身雪的怀抱；而那空投玫瑰的人，依然惴惴不安地揣想着这样的举动究竟可不可以打动你的芳心！能生出这般创意又甘愿为你一掷千金的男人，多么有趣味，多么有情调！——你看，那时的欣赏，其实是一种虚荣的渴慕，喜欢让人以自己为圆心画圆，不相信自己的容颜盖不过一代佳丽，不相信自己的魅力抵不过一座城池。自恋的心，带着一些莫可名状的跋扈，叹着气，与庸俗的日子绝望地拉锯。

到现在，开始欣赏优秀卓越、会做事的男人。突然就特别爱看一个小木匠用刨子刨平一块木板时的娴熟与自信，爱看某成功人士把酒临风、指点江山、笑谈欲将巍巍昆仑“裁为三截”时的大气与儒雅。评判身边的男人，居然可以对他容貌的美丑视而不见，对他有没有浪漫情怀忽略不计，只是紧紧盯着他制作的精彩别致的网页，盯着他起草的文采四溢的文稿，盯着他与对手谈判时从容镇定的目光，盯着他得志时、失意时宠辱不惊的神态。应该说，这时的欣赏，才称得上是真正的欣赏。作别了孩童时期的盲目、少女时期的浅薄、少妇时期的虚妄，繁花凋尽，唯剩本真。

——瞧，这就是一个女人的“欣赏史”。你不要期盼着超越任何一个阶段，也不要梦想着永驻在其中任何一个时期，上帝偏爱你，才让你尝尽人间百味，你若不想辜负，就请悉心品尝。

读懂了女人，也就明白了世界

我知道我根本无力救你，我只是想救起那个字：爱。

我们的爱没有坠崖

那是一个晴朗的夏日。美国加州攀岩俱乐部的罗夫曼和妻子莫莉亚丝同时攀岩。罗夫曼的攀缘速度比妻子要快一些，他很快就成了供莫莉亚丝仰视的风景。没有任何防护，他们是岩壁上会呼吸的岩石。顶峰越来越近了，参观的人群情不自禁地雀跃欢呼起来。然而就在这时，位于莫莉亚丝右上方约五米处的罗夫曼突然一声惨叫，他失足了！正在攀缘的莫莉亚丝蓦然瞥见险象，毅然脱离了崖壁，伸出双手准确地搂住了迅速下坠的罗夫曼。两个人紧紧偎依着，共同坠入万丈深谷……

这瞬间发生的惨剧惊呆了在场的每一个人。

莫莉亚丝那个漂亮的搂接动作被摄像师定格成了旷世经典。

——亲爱的，别做傻事！我们似乎听见罗夫曼在说。

——不要，不要推开我！这是莫莉亚丝的坚定的声音。让我再陪你走一程。让云擦着我们的眉睫，让风掠过我们的耳际。从巅峰到谷底，我们的后半生多么匆遽啊！如果一切还来得及，我真愿和你重复一遍我们携手共度的好时光。我们厮守着，啜饮千般欢爱，沐浴万种柔情……可是现在，我们却在坠落，坠落。噢，让我们抱得更紧一些吧，因为，我们生命的花就要在洁净的谷底灿然绽放了。亲爱的，我知道我根本无力救你，我只是想救起那个字：

——爱。

只想让你看见我

这是一个令人嗟叹的故事：沙特阿拉伯首都利雅得的一个男人因患眼疾双目失明，坠入无边黑暗的他万念俱灰痛不欲生。他温良的妻子在悲恸啼泣之余做出了一个让世人无比惊骇的决定——为深爱的丈夫捐出一只眼睛。这个伟大的计划顺利地付诸实施了，而那个为爱牺牲明眸的女人一时间成了利雅得媒体争相追踪的热点人物。但是，时间不长，这美丽的故事就引发了另一次举世哗然——她因为独眼的丑陋而被重见光明的丈夫无情地遗弃！

我的心在一张刊载了这故事的华文报纸上颤了又颤。我不想去指责那男人的阴冷和刻毒，我只想对那为爱者施与光明的姐妹奉献我由衷的敬慕。如果她不是天使，她完全可以坦然地独享花朝秋月；如果她不是女神，她完全可以泰然地领取阳春白雪。但是，她偏偏选定了万箭攒心的苦难。

分一只美目给爱人，分一半世界给佳侣，这惊心动魄的馈赠让多少爱情故事顷刻间枯败凋萎。

——只想让你看见我。这一定是她心灵深处无悔的声音。看呵，看我这为你而美丽过的容颜，看我这为你而丑陋着的容颜。你心里生出了怨嫌吗？那就请你转动着我的眸子去捕捉你新的生活目标吧。只是啊，当你看到云时，云中有我；当你看到花时，花中有我。你欢笑了，甜蜜最先滋润我；你淌泪了，苦涩最先浸泡我……噢，我多么可怜你这不懂得感恩的人啊——你失去的，何止是一双眼睛？

凄美的放手

1998 年夏，中国嘉鱼。洪水铺天盖地袭来的时候，董方保和他的妻子在急流中同时抓住了一棵小树。他们都不会水，求生的本能使他们死死地抱住了那棵救命的小树。洪水迅猛地往上涨，他们拼死地往上爬。终于，幼嫩的树干再也无力承受两个人的重量，一点点朝水面弯下来，弯下来。妻子平静地看了丈夫一眼，说：“还有那么多孩子等着你呢，多保重呵。”还没等董方保明白过来，他的妻子已从容地松开了紧握树干的双手，消失在了湍急的洪流之中。

董方保悲痛欲绝，但理智告诉他，他不可以随她而去——他是一所小学的校长，他的生命属于千百个天使般的孩子。

——让我先走一步吧。这是一个爱着丈夫所爱的女人最后的心声。你可知道，我多么不愿也不忍这么早就对你说出这诀别的话语。别了，生我养我的土地；别了，生死相依的爱人。带着我的一颗心好好活下去呵。待到洪水退去的时候，请你一定要领着我们的女儿小董钰来寻这棵树，告诉她，妈妈曾经怎样紧握；更要告诉她，妈妈又是怎样微笑着放手。

第二辑

眼睛能看到的爱

生命，是一根瞬间划亮的火柴，
趁着这短暂的光明正被我们幸运地拥有，
让我们张开慧眼，看重生命之轻，看轻生命之重。

眼睛能看到的爱

用柔情去打磨日子，岁月将赠予你无比丰赡的回馈。

那天去一个小花店买花。卖花的女孩听我报出几样花名之后，就转身到储藏室去了。

一阵呢喃细语。

我想：怎么？老板躲在里面，暗中操纵女孩？——罢了罢了，管那么多闲事干啥！

一会儿，女孩出来了，竟随手带死了储藏室的门。

我忍不住好奇心，指着门板问她道："刚才，小姐是在和里面的人讲话吧？"

她浅浅地笑了，说："我是在讲话——在和我的花讲话呀。"

我万分讶异，反问她道："在和你的花讲话？"

她一双纤纤素手麻利地忙碌着，眼睛不看我，颊上依然漾着浅浅的笑：“是啊，很奇怪吗？我只是跟我的花随便聊几句，告诉这一枝说：你开得这么好，这么艳，我也留不住你了。再告诉那一枝说：你急什么嘛，小骨朵抱得那么紧，再过两天，送你出门也不迟。就这样。”

我听得呆了。接过自己的一捧花时，竟对女孩说：“往后，我会常来你这里买花——我喜欢这些能听得懂你的悄悄话的花。”

告别了女孩，一路心情灿烂。不由想起另一个暖人的故事。

一个跑郊区线路的公交司机，每天都是十分快乐地开着车走上那条尘土飞扬的道路的。女售票员逗他道：谁比得上你，天天来赴约会！他幸福地笑着，说：瞧，妒忌了不是？女售票员叹口气说：妒忌还不是白妒忌，世上谁有你这样的好福气哟！

乘客都听得蒙了——怎么，这棒小伙儿在乡野还有个痴心恋人？

车继续颠簸着往前开。在一个小村前，女售票员兴奋地指着前面的一个水塘说：在呢！还不快联系！司机于是按响了喇叭，三声短一声长——显然是某种“暗号”。

所有的乘客都引颈观看——老天，竟然是一群白鹅！听到喇叭声顿时张开双翅争先恐后地扑拉拉往汽车开来的方向跑，边跑边嘎嘎地欢叫着，犹如一群终于盼来了父母的幼儿园的孩子。

这个与花呢喃私语的女孩和这个约会农家白鹅的司机，让我明白了工作究竟可以带给人几多的快乐。

爱花的女孩，从不怀疑花儿一律长着善听的耳朵。那含苞或怒放的心思，都被女孩一点点地参透，又一点点地分享了。对于她而言，工作早已不仅仅是糊口手段，而是一份滋养容颜的情、一份抚慰心灵的爱。在坎坷颠簸、尘土飞扬的乡路上跑车，司机的心中该有多少的愤恨懊恼？如果他一路上骂声连连，大概不会有人怨责他吧？然而，这个棒小伙儿没有。不但没有，他还硬是多了一份在城市大马路上跑车不可能拥有的欢跃。在两边栽种了美丽花树的城市大街上，我听到太多司机在用他们的喇叭表达满心的不耐烦，而这个年轻的司机却在用喇叭抒情！那闻声翩跹而至的白鹅，何尝不是在用忘情的欢叫为那给自己创造了快乐同时又给他人带来了快乐的司机深情祝祷呢？

倘若你无精打采地烤着面包，你烤成的面包就是苦的，只能救半个人的饥饿；倘若你怨恨地酿着葡萄酒，你的怨恨就在酒里滴了毒液。从你的心中抽丝织成布帛，仿佛你的爱者要来穿此衣裳；热情地建造房屋，仿佛你的爱者要住在其中。这段话是纪伯伦讲的。年轻的、健康的生命总是要与“工作”结伴前行的。不要厌恨工作，更不要诅咒工作，学着将一份挚爱融入工作中吧！要知道：用快乐去阐释工作，人生就远离了怅恨烦恼；用柔情去打磨日子，岁月将赠予你无比丰赡的回馈。

虫爱

天地之间，两只蜗牛的爱情是那样隆重、热烈、圣洁、美丽。

一个人，坐在家里，看法国导演雅克·贝汉花费15年的时间拍摄的影片《小宇宙》，竟忍不住一次次在电视机前纵情地欢呼。

这是一部精彩得让你不得不纵情欢呼的影片。

这不是一部普通的纪录片。记录者把自己对生命的领悟乃至自己的生命都慨然地融进了画面。片子讲述的是“草间的生命”——生活在草叶中的各种昆虫。但妙的是，每一个观看者都能从那些虫子身上发现自我。

美丽的瓢虫在一片草叶上行走，雨来了，有那么一滴，恰巧打在了它的花壳上；小小的虫子，显然不胜这猝然的一击，它试图稳住自己，并且，它还努力做了个展翅欲飞的动作，但那一滴雨的力量实在是太大了，可怜的虫子终是被掀翻了。

月夜，一只螳螂站在狗尾草的绒棒上面，表演一种高难度的体操。它几乎是遵循了某种美学原则，优雅地屈伸着自己的六条腿，随后，它摆出了那个类似祷告的经典姿势，前腿上的锯刺历历可数——我想，它一定不是表演给镜头看的，那么，它是表演给月亮看的吧？

镜头继续带着我在草叶间行走。我看到一个毛茸茸的东西，从一截管状物中一点点地挣出。起初，我认不出那究竟是个什么东西，到后来，我看清那毛茸茸的东西上面有一对眼睛，便猜到了那是正在经历着蜕变的生命。丑陋的茧，被慢慢摆脱，从茧中走出的蛾子，鲜亮得令人惊异。它细长的腿，初尝了这世间习习的凉风，禁不住轻轻地颤抖了一下，随即就变得从容了；镜头转到它的背部，随着它与茧子的彻底分离，它的翼翅完整地显露出来。直立的蛾子，仿佛披了一袭半透明的婚纱。它新娘般骄矜地站立着，顾盼生辉。面对这瞬间登仙的生命，你除了欢呼，又能做什么？

在这部精妙绝伦的影片当中，拍摄者的得意之笔实在是太多太多了，不过，“蜗牛的爱情”一定是最令拍摄者得意的吧？雨后的芳草地，水珠在草叶间打滚儿。有两只蜗牛，从不同的方向朝一个宿命般的地方走来。它们走得那样迟缓，却又走得那样执着，仿佛冥冥中有一种不可抗拒的召唤。终于相遇了。触角轻触了一下对方，却立刻闪电般缩回了。再次相触时，已有了某种默契。贴面，交颈，一只蜗牛的头索性缱绻地陷入了另一只蜗牛柔软的身体里面，然后又无限眷恋地抽身。两个晶莹剔透的身体长久地缠绕拥抱，而它们随身携带的精巧房子则幸福倾斜，颠倒……芳草见证了它们两个的爱情，云彩见证了它们两个的爱情。在它们透明的身体忘情胶合的时刻，花腔女高音激情澎湃地吟唱着爱情的颂歌。天地之间，两只蜗牛的爱情是那样隆重、热烈、圣洁、美丽。

昆虫的艰辛，昆虫的优美，昆虫的蜕变，昆虫的恋歌，这些，都不过是昆虫的体验，但又绝不仅仅是昆虫的体验。对小宇宙的大领悟，是雅克・贝汉献给人类的曼妙情诗。说到底，在这个世界上，人与虫，所拿到的都不过是一张单程的生命车票。生命之前，生命之后，皆是无尽的黑暗。生命，是一根瞬间划亮的火柴，趁着这短暂的光明正被我们幸运地拥有，让我们张开慧眼，看重生命之轻，看轻生命之重，让生活在这个世界上的所有生灵都互相发现、互相欣赏、互相取暖吧。

卿卿如晤

生活之水不会因岸柳的枯黄而停止流淌。

最初，她只是他千万个读者中的一个。他在英国，而她在美国。

擅长写爱情的他一直没有结婚；而她，有着自己不完满的家庭。她的丈夫外遇不断，后来居然爱上了她的表妹，不得已，他们离了婚。她带着两个孩子，从美国来到英国。就这样，他成了她可以依靠的朋友。

这一年，他 55 岁，她 38 岁。

他们之间有许多密切的往来，但却不关乎爱情。

后来，她在英国的签证到期了，摆在她面前的将是离境，而留下的唯一办法就是与一名英国公民结婚。他决定帮助她，给她一份名义上的婚姻。就这样，两个彼此存有一定好感的人被命运安排成了名义上的夫妻。他们谁都没有料到，他们的关系还能往前走一步。

推动他们关系往前走一步的，是一只骇人的手。

一天晚上，她一不留神在家里摔了一跤，双脚骨折了。被送到医院检查，竟查出了癌症，且是晚期。他震惊了，突然意识到，苛刻的上帝，要以倒计时的方式计算这件珍贵礼物留存在他手中的时间了。

这是她处境最为悲惨的时候——背井离乡，经济拮据，又身染重疾。她有一张躺在病床上的照片，白发斑斑，双目无神，容颜憔悴。就是在这样的时候，他爱上了她，深深地爱上了她。这位写了太多爱情传奇的作家、学者，终于有机缘幸福地将自身放进了一个真实的爱情传奇当中。

他们的婚礼是在医院举行的。新娘躺在床上，新郎坐在床沿。

婚后，他们"如一对20岁的蜜月中的爱侣"，缠绵缱绻，携手送走了1000个美丽的晨昏。

病魔再次袭来，她含泪含笑地走了。

他被孤单地撇在人世间。在那些泣血的午夜，他拿起笔，真实地记录下了丧妻后的大悲大恸。

那是一本写给她看的书，也是一本写给他自己看的书。那本书，被中国台湾一位灵慧的译者译成了中文，书名就叫《卿卿如晤》。

他说，她离去的事实，像天空一样笼罩一切。他是那样地绝望，他不敢去他们常去的啤酒屋小坐，也不敢去他们常去的小树林散步。但他又强迫自己非去不可。他失了魂魄。稍一凝神，就是她唤他的声音，如母亲唤她的婴孩……他用自己爱的触须，碰触遍了他们相爱时的丝丝缕缕、点点滴滴。太多不期然的时刻，他的老泪夺眶而出。

他以为自己会在这无限悲痛中度过残生了。但是，没有。他如实地告诉她，也告诉世界，在那苦痛持续了十多天之后，他像一个被锯掉了腿的病人，在安上“义肢”之后，居然拄着拐杖开始学习走路了！

他为自己心理状态的好转羞愧不已，“觉得有义务要尽量珍惜、酝酿、延续自己的哀伤”。但是，他又坚定地告诉她说，他不要那样的虚荣。他要带着“女儿兼母亲，学生兼老师，臣民兼君王”的爱妻的那颗心，遵循生活的秩序，从容地活下去。他几乎是哀号着告诉世人：“一切事物的真相都具有偶像破坏的特质。”

真相，惨苦的真相，不由分说地撕碎了我们煞费苦心的美丽构想，把我们不愿接受的一个丑陋结局当作礼物，猝不及防地塞进我们怀里。我们甩不掉它。我们所能做的，就是隐忍地揣了它，凭靠那被我们诅咒了一万遍的“义肢”，步步见血地赶路。

感谢他——伟大的 C.S. 路易斯！他为人间书写了一段

最洁净无瑕的爱情；在他远远未曾爱够的乔伊走后，他用多情的笔勾勒出她“小轩窗，正梳妆”的美丽影像；更可贵的是，他勇敢地剖开自己的心，告诉乔伊，也告诉世人，他无意扮演“超级情人、悲剧英雄”的角色，他是普通的“亲人亡故的芸芸众生中的一个”，生活之水不会因岸柳的枯黄而停止流淌，日子照样还得过下去。就算是“取次花丛懒回顾”，也要硬着头皮朝前走。

所以，他在书的结尾处引用她的临终遗言，意味深长地说：“我已经与神和好。”

每个人，不都是被生活“截肢”的独脚汉吗?“缺失感”噬啮着我们无辜的心。洗澡的时候、穿衣的时候、坐下的时候、起来的时候，甚至躺在床上的时候，对永别了的亲爱的肢体的“怀念”悄然劫掠了我们，心中的苦味决堤般涌来，让我们痛不欲生。但是，蜿蜒的路，却赶来喝令我们悲苦无告的脚，逼我们将“行走”视为必做的人生功课。

这时候，如果我们愚鲁地选择“与神为敌”，就连那走远的人，都会在冥界为我们哀哭，不是吗?

从爱之甘，到爱之憾，C.S. 路易斯把他品到的爱的真滋味和盘托到我们面前。擎着这一册薄薄的《卿卿如晤》，如果我的手没有感到一种重压，我就没有资格入住 C.S. 路易斯苦心搭建的灵魂圣殿。

爱情鸟

掌心里只延伸爱的版图，胸腔里只涌动善的阳光。

在网上看一个视频，是关于一对鸟夫妻的。

那是一种我叫不上名字来的鸟，小巧而俊美，黄色的喙，尖尖长长。其中一只鸟死于非命，尸体横陈在一所小学的校门口；它的配偶，无论如何也不愿意接受这个残酷的事实，守着爱侣，焦灼地呼唤，用飞起引领它，又用踅回顾惜它。

学校下课了，小学生们呼啦啦围了一圈，好奇地看着这身处阴阳两界的鸟夫妻。阴界的鸟儿当然是自顾自地长眠着了，阳界的鸟儿却被一群黑压压围过来的人吓坏了，它本能地忽地飞起，在人们的头顶上盘旋，但似乎又突然想到自己至高的使命，毅然俯冲下来，勇敢而又绝望地落在了爱侣的身边——四周，全是各式各样的鞋子，可怜的鸟，仿佛掉进了一个可怕的鞋阵里。

有调皮的孩子用跺脚来惊吓它，它颤抖了一下，居然没有起飞。看来，它是铁定了心守护在爱侣身旁了。

人越聚越多，七嘴八舌，指点着这对鸟夫妻发表着高论……

我在屏幕之外，替那只傻傻守护的鸟儿着急。如果可能，我多想为那只死去的鸟儿代言——亲爱的，你飞走吧！别再用无望的等待徒然增加自己的痛苦，别再用痴情的守望引逗人类的好奇心。沿着我们的来路去飞行吧！你掠过花时，花中有我；你傍着云时，云里有我。亲爱的，只要你活着，你就拥有一笔细腻的财富，那是我永不陨落的爱，时刻投影于你纯美的心底。别再徘徊，别再踯躅，带着我美好的祝福高飞吧！

我在屏幕之外，替那只猝然殒命的鸟儿着急。如果可能，我多想为那只守护的鸟儿代言——亲爱的，你醒来啊！没有了你，我就失去了自己灵魂的双胞胎，没有了你的唱和，我生命的八音盒，从此与美妙的乐曲绝缘。我怀念我们蓝天下无忧无虑的飞翔，在我们的翅膀之上，流淌着蜜汁一样的春光。我们在简陋的巢中交颈而眠，做着无须躲避人类袭扰的美梦。亲爱的，别为我担忧，我已从你那里借得了一颗心，我是在用两颗心的力量与人类对垒！让我再多陪你一个时辰，我希望看到那些冷酷的心在惊讶之余会慢慢转暖。

我在屏幕之外，替这一对处在非常时刻的“爱情鸟”着急。如果可能，我多想为它们代言——人们啊，请离得远一点儿再远一点儿吧！在这死别的时刻，请赐予我们一个私语的空间。别猜测，别妄言，别恐吓，别指点……上帝为我们创造了翅膀，本是想让我们离天堂近一些的，但是，你们的弹丸和枪子却毫不留情地改写了上帝的童话。现在，你们又饶有兴味地观赏着一个真实的悲剧，用粗暴的评议不由分说地淹没了生者对死者深挚的呢喃。人们啊，什么时候你们才能用怜惜悲悯的目光看待世间万物，掌心里只延伸爱的版图，胸腔里只涌动善的阳光……

然而，多么遗憾！我无法把这些话语送抵现场，我所能做的，就是在屏幕之外，长久地，长久地，独自发呆。

承诺彼此柔情相待

愿天下爱者都能够“彼此柔情相待”。

有多少人像我一样，是被这本书开头的一段文字猛然击中的——

“很快你就 82 岁了。身高缩短了 6 厘米，体重只有 45 公斤，但是你一如既往的美丽、优雅令我心动。我们已经在一起度过了 58 个年头，而我对你的爱越发浓烈。我的胸口又有了这恼人的空茫，只有你灼热的身体依偎在我怀里时，它才能被填满。”

这是一位 84 岁的老人写给爱妻的最后的“情书”。炽烈的表达，不啻热恋；半个多世纪的相依相偎，不但丝毫没有磨损两人之间的爱，反使之“愈发浓烈”。

倾听这[illegible]爱语的，是世界上最幸福的一个女人：D。倾诉者安德烈·高兹揣着一腔少年情怀，痴狂地爱着她。他

“淌着眼泪”，深情回顾了他们从相识到相知、相爱的点点滴滴，说着“爱情，只有在与钱无关的情况下才是真正的爱情”之类的爱之箴言。相信太多的读者和我一样，在他们最初那张“用来当床的、已经深深塌陷的、60 厘米的旧沙发”面前感到一种窘迫的甜蜜……而此刻，“美丽、优雅”的 D 已身患绝症。因为曾经“承诺彼此柔情相待”，安德烈·高兹便在写完了他的《致 D：情史》之后，毅然打开家中的煤气，与爱妻共赴黄泉。

在不同的译本面前，读者们抛洒着同样的热泪。

曾经想，或许，这就是无可企及的爱之结局了吧？但是，当我走近了她，当我听到她生动地讲述着他的故事、模拟着他的语气讲话时，我分明看到，她的那个他，就躲在她的笑纹里偷笑——她活着，就是在努力延长着他的寿命啊！我跟自己说：这又何尝不是另一种形式的“承诺彼此柔情相待”呢？

“我们的杨绛”，这是我在苏州十中听到的一个亲切的称呼。在这座园林般的校园里，我寻觅着少女杨绛的芳踪。总是忍不住地猜想，能让钱锺书说出“我见到她之前，从未想到要结婚”的女子，该是怎样一个妙人呢？

她是个才女——她成名比钱锺书早，最初别人介绍钱锺书时会说“杨绛的丈夫”；她翻译的《堂吉诃德》，曾被邓小平作为“国礼”送给西班牙国王；1989年，钱锺书的《围城》被搬上银幕，当改编人员讨论如何才能更好地突出主题时，杨绛立刻提笔写道：“围在城里的人想逃出来，城外的人想冲进去。对婚姻也罢，职业也罢，人生的愿望大都如此。”钱锺书览毕盛赞：“实获我心！”

她是个贤妻——在钱锺书写《围城》的日子里，她为节省开销，辞掉女佣，心甘情愿做“灶下婢”。握笔的手，乍干粗活，免不了伤痕累累，“一会儿劈柴木刺扎进了皮肉，一会儿又烫起了泡”，但她明白夫君工作的价值，她说：“我赖以成名的几出喜剧，能够和《围城》比吗？”

她是个勇者——1997年早春、1998年岁末，她的女儿和丈夫先后去世，她伤心已极，便逼着自己“找一件需要我投入全部心神而忘掉自己的工作，逃避我的悲痛，因为悲痛是不能对抗的，只能逃避”。她于是决定翻译柏拉图《对话录》中的《斐多》；她思考人生，在耄耋之年写出《我们仨》《走到人生边上》等力作；她用小楷抄写钱锺书的《槐聚诗存》，每天写几行，一写就是半年，“通过抄诗，与他的思想、诗情亲近”。

她活过一个世纪了！而他，又何尝不在分享着她的“活”啊——活在她绵长的思念中，活在她深挚的文字里。

一闭眼，他们那张珍贵的黑白照片就在眼前晃啊晃——

她穿了碎点子旗袍，披一件小方格长外套；他着浅色西装，打领带，笑得那么深。这一对璧人，真个是惹人怜、招人妒啊！据说，诗人辛笛曾笑钱锺书患有“誉妻癖”，在我看来，杨绛又何尝不曾患有“誉夫癖”呢？她和他，都太值得“誉”了呀！环顾尘寰，患有“誉钱癖”“誉杨癖”的读者又何其多哉！

当得知苏州十中的师生要去看望他们的“可爱校友”杨绛先生的时候，我心底有个声音说：“带我一道去吧。”但我终是没有贸然将那个声音送出口。能够念着她，祝福她，我已知足。

我想，如果安德烈·高兹没有走出那一步，他今年刚满 89 岁，与我们 101 岁的杨绛先生相比，他是小弟弟呢！在我眼中，安德烈·高兹与杨绛，都堪称与爱者“柔情相待”的典范，所不同的是，他们，一个选择了与爱者共死，一个选择了与爱者共生。我不想对他们的选择做出评判，我只想说：谢谢你们珍贵的提醒，愿天下爱者都能够“彼此柔情相待”，直到地老，直到天荒。

亲爱

"亲"要见面，"爱"要用心。

在上海地铁一个入口处，看到一则公益广告。画面极其简洁，满纸就是一个"親"字：左边那个"亲"是血红色的，热烈，抢眼；右边那个"見"却是渐变的淡灰色，墨色由上而下渐次变浅，到底部时，几乎浅到没有。匆遽的脚步不由得放慢了。心，被眼前这个诉说着渴望又诉说着无奈的繁体字弄得又酸又暖。我相信我读懂了这则公益广告，它在提醒匆匆路人，不要让那个"見"字慢慢剥蚀了颜色；真正的"亲"，一定要看重"见面"。"百回信到家，未当身一归"，贾岛一千多年前的劝诫，似乎特别适合用来赠予今天众多的"电话依赖症"患者。

我们学校每年招收台湾"新华爱心教育基金会"资助的"珍珠生"。每个"珍珠生"都会得到一件由基金会赠送的夹克衫，夹克衫前后都印有基金会的 LOGO（标志）——一个心儿超过了身体宽度的“爱心人”。“爱心人”的“心”中装着一个“愛”字。在那个“愛”字中，有一个不能省略的“心”。每当我到“家庭特困、成绩特优”的“珍珠生”家中去家访，都要忍不住提醒自己：我带来的，可是一个不能简写的“愛”。

——“亲”要见面。

——“爱”要用心。

半个多世纪前，我们为了书写的方便，把“親愛”简写成了“亲爱”。我们毫不惋惜地把“见”与“心”一并交付给了过往的风。我们来不及想，祖先造字时，在“親愛”上倾注了怎样的深情；我们来不及想，在“親愛”中，隐藏着一句多么深挚的劝勉！

长亭，短亭。短亭，长亭。想我们那被山水阻隔的先祖，为了用行动书写好那个“親”字，“行行重行行”，在长亭、短亭的凄冷中，苦寻生命的暖意。被思念冰得痛了，就看一眼天上的月亮，揣想着那伊人也在此刻举头望月，两地的目光，便在月亮上幸福地交融——“无見难为親”。他们心空回响的，可是这个近乎执拗的语句？

爱山，爱水。爱花，爱树。爱虫，爱鸟。我们的古人是多么善爱啊！早年无知，我曾跟一位画家抱怨：“古人作画的题材太雷同了，除了山水就是花鸟，还会画点儿别的不？”他一笑：“山水花鸟里有爱，有志，有哲学。”当我能够从水墨丹青中读到“爱、志、哲学”，我着实为当年的自己脸红——用敷衍潦草的“爱”去解读古人深微蕴藉的“愛”，注定徒留笑柄。我曾看到一个学生的一幅书法作品，写的是张养浩的一个名句：“我爱山无价”，居然是用简体字写的。我想，如果张养浩见了，一定免不了要摇头叹息的吧？“心”被剜走，“爱”就残了。

“亲”，这个称呼是被在互联网上兜售商品的人叫红的。这样的“亲”，不必见也不能见。你从手机短信或邮件里收到的那个“亲”，未必有多亲，它约略等于一个“哎”。

你一定见过电视上的“速成爱情”。待售商品般被展览着的，是供人挑选的“爱人”。一眨眼的工夫，一对人儿就给撮合到了一起。那“月上柳梢头，人约黄昏后”的爱情，在这些迷恋强光灯下择偶的“潮人”面前显得太OUT（落伍）了！——这样的“爱”，无“心”也罢。

——“親愛”。你还会写这两个繁体字吗？你能接到它们身上那传递了数千载都难以被时光阻断的信息吗？让你的灵魂安静下来，让你的心眸慢慢张开，检索一下自己的“親”，盘点一下自己的“愛”。就算你多么熟稔地书写着“亲爱”，也一定要在心之一隅珍存着“親愛”。

疼爱

你娃不吃，却让我娃吃！

读这么一小段文字，居然读得淌下泪来——

一个女孩写她奶奶和她爸爸在她小时候的一段对话：

奶奶：你吃的是什么？

爸爸：是我娃嘴里掉下来的东西。

奶奶：掉下来的，就不要吃了嘛！

爸爸：我不吃，怕我娃再捡起来吃。

奶奶：你娃不吃，却让我娃吃！

爸爸疼爱他的娃，不忍让女儿捡着吃她自己嘴里掉下来的东西；奶奶疼爱她的娃，不忍让儿子捡着吃孙女嘴里掉下来的东西。

翻出多年前写的一篇小文章，思念起我那远去的父亲。

寒假时我带着儿子然然回家，父母不胜欢悦。

母亲喜滋滋地为她的小外孙忙碌着，但却不知怎的老是对着然然喊我的小名。父亲微笑着告诉我说：“管全世界的小孩都叫你的小名，那可是你妈的强项哩！”

那天，父亲上街去买菜，母亲突然想起了什么，追出门去嘱咐父亲说：“记着，给孩子买副手套回来！”

父亲走后，母亲抱怨地说：“你爸老了，整天丢三落四的——看着吧，然然这手套他多半是记不得买的。”

天很晚了父亲才回来。母亲接过父亲手中的菜篮子左拨拉右拨拉，到底也没找到她要找的东西。

母亲生气地责问父亲道：“手套忘买了吧？”

父亲一拍脑壳说：“瞧这记性！”

母亲于是长一声短一声地叹起气来，我晓得，这是母亲“狂轰滥炸”的前奏。

就在这时，父亲竟变戏法般地从怀里摸出了一副杏黄色的皮手套，他不管母亲多么惊讶，眼睛瞪得多么大，只管得意地冲我一笑说：“闺女，戴上！”

“错了错了！”母亲叫起来，“是让你给然然买手套，谁让你给闺女买手套的！”

父亲愣了一下，继而说了句让我幸福得几乎晕倒的话：“只说是给孩子买副手套，我哪儿知道是哪个孩子！”

爱与宁静曾经来过

只把闪电看成一次心动，只把雷鸣看成一句表白。

雨季来临前，我们照例去楼顶检查一下避雷针。

同行的有一位专业人员。他指着避雷针的针尖部分对我们说："你们看，这避雷针上有多么明显的引雷痕迹啊！这说明在去年的雨季它很尽职地工作，多次将本可能击中这栋高楼的雷电吸引到导体棒上，再经由导线导入大地，从而使这栋高楼免遭雷击。"听他这样一讲，我们不由肃然起敬，围着那枚不起眼的避雷针饶有兴味地观赏起来。

我看着那细细的针体，怎么也不敢相信它曾引走过那么多可怕的雷电。如果它有知，那么，它在履行自己职责的时候是惊惶的呢还是从容的呢？在闪电鞭笞天地、炸雷横扫乾坤的一刻，人与鸟和兽，能逃匿的都逃匿了，只有这小小的避雷针只身站在高处，招手吸引雷电，在遭到命定的电灼雷击之后，依然挺立着，安然迎接属于自己的阳光。

我将视线移开了一些，一低头，居然发现避雷针旁水泥楼顶的缝隙里长着一棵不知名的小草，而那小草上，赫然开着一朵淡黄色的小花！我俯身仔细端详那小花，发现它是复瓣的，蕊小得几乎看不见。与它对视的瞬间，我突然就微笑了。我想，这个画面可真富有禅意啊！它在这个初夏的黄昏撞上了我的心怀，要指望我用怎样的智慧去解读它呢？

我得说，面对这个美好的画面我有一些自愧。如果把我的肉身比喻成一座建筑，我又何尝不需要一枚神奇的避雷针呢？我的雨季均衡地分布在四季，电闪雷鸣是我人生气象的常态。似乎想都没有想过要避雷，“没有风雨躲得过，没有坎坷不必走”——歌里不就这么唱的吗？雷电袭来，就豁命地迎上去，痛了，伤了，哭了，忍了，从来没有想过要改变自己，或者说，一直以为用血肉之躯去亲吻剑锋是一种逃不掉的宿命。每次检点伤痕，都不免生出怨艾与哀怜——怨艾命运，哀怜自我。肉身被摧毁了一万次，每次都是抓住一根稻草挣扎着侥幸逃生……

从今天开始，可不可以试着为自己安装一枚避雷针？不以硬碰硬，也不闪避逃遁，雷电袭来，就巧妙地将它引入广袤的大地，只把闪电看成一次心动，只把雷鸣看成一句表白，巧妙地，将扫荡整个生命的惊悚与战栗置换成针尖那么大的一丁点儿痛苦。最重要的是，在雷电呼啸着经过的地方，还要竭力雕琢出一朵惊世的小花，越是与苦难比邻，越有心思扮美素淡的光阴，借一朵随时可能凋零的微笑告诉世界，爱与宁静，曾经来过。

我愿，从所有的过往岁月中抽出一根灵透的金属之丝，以境界为砧，以胸襟为锤，淬以智慧之火，精心打造我生命的避雷针；还要提了感恩的喷壶，每日浇灌那一颗遗落在水泥齿缝间的种子，直到看它开出惊世的花朵。

疯狂为儿子做“示范动作”

我要带着我的儿子飞。

最近在邢台十九中作讲座，我提到我特别善于挤对自己、虐待自己。我是一个“信仰中文”的特级语文教师，一个“追求美的教育”的省示范性高中校长，在做好本职工作的同时，我发表了三千多篇文章，举办了两百多场讲座，出版了二十多部文集。有人说，你一个“坐五望六”的女人，咋就活得这么不消停？我的回答是：我要带着我的儿子飞。

讲座结束后，美丽的路平老师拉着我的手说：“张老师啊，当您说到要带儿子飞时，我的眼泪唰的一下就流下来了……”

自从做了母亲，我就生出了带儿子飞的万丈豪情。如今三十多年过去，我的豪情分毫未减。

犹记儿子读高三那年，一次模拟考试后，儿子沮丧地说："这次总体排名还好，但语文考砸了……"我问他语文考了多少分，他报出了一个分数，我惊叫起来："天哪！还不如我们班的平均分高呢！"——那年，恰好我也教高三，而儿子所就读的学校比我的学校高出一个档次。我家老徐听罢冲我发飙了："你还有脸骂孩子考得不好？作为一个语文特级教师，儿子语文考砸了，你应该从自己身上找原因才对！"我无言以对。儿子却开口道："我语文没考好，跟我妈有啥关系？我其他学科考得好，那可全都是我妈的功劳呢！"我和我家老徐都万分诧异——别的学科？别的学科我更没有辅导过呀！我儿子说："正因为我妈每天晚上陪着我学习，我才取得了这样的好成绩。"我听后无限欣慰——对呀！每天晚上，我都和儿子比晚熄灯，他埋头苦学，我埋头苦读或埋头苦写。所以，儿子将别的学科取得的好成绩归功于我，我接受起来非常坦然。

有一次，我应邀到"《读者》大讲堂"作家庭教育的"开山讲座"，我讲座的题目是"培养一个值得自己仰视的孩子"。我说，培养一个值得自己仰视的孩子有一个大前提，那就是，父母得率先成为值得仰视的人。如果父母不值得孩子仰视，那"培养一个值得自己仰视的孩子"就成了一句空谈。

2013 年，我儿子辞去了英国剑桥 CSR 公司的工作回国，目前在小米公司担任研发经理。2016 年，我的家庭被评为“全国最美家庭”和“全国第一届文明家庭”。在接受媒体采访时，我谈到了儿子拿到的个人专利。后来，我妹妹问我：“姐呀，我外甥究竟拿下了多少项专利呀？有一回你说是 50 项，有一回你说是 100 项。到底多少项呀？你这数字总变，我担心别人会觉得这数字不实……”我哈哈大笑起来，说：“这不正好证明了你外甥在不断进步嘛！先前是 50 项，后来是 100 项，现在嘛，又变成 142 项啦！”

我曾写过《吾儿职场守则 21 条》。闺密说：“你儿子是个洋博士，又那么出色，还用得着你煞费苦心地一条条地嘱咐他该做啥、不该做啥？我看你纯粹是吃饱了撑的！”我说：“我比他入职早近 30 年。我希望他做到的，我都做到了；我希望他避免的，恰是我看到的一些职业人身上的问题。这 21 条，你不妨看成是一个职场老人儿对一个职场新手的传帮带。”

我的朋友程予东说：理想的亲子关系，是互相成全。身为母亲，我岂敢慵懒？岂敢平庸？我害怕那慵懒与平庸的毒素会传染给我唯一的孩子啊！我只希望我领飞的姿势，能让儿子看到母亲的努力，从而生出跟平庸人生较劲的心。

我在“《读者》大讲堂”的讲座是以下面这首小诗结束的——

感谢那个与我有着“生死之交”的孩子
他使我做了——
不愿做的事（怀孕之丑）
不敢做的事（生子之痛）
不甘做的事（带娃之烦）
不能做的事（垂范之累）
当他成了他之后
我，也成了我

让女儿“带钱约会”

舌头贪过人家的甜，还有啥力量拧着劲儿说“不”啊？

在一次乱哄哄的聚会中，有个漂亮女人很快就引起了我的注意。她万分得意地打开手机，挨个儿朝大家炫耀她的宝贝女儿：“都说跟我年轻时候长得一样呢！你看这眉、这眼……”大家夸张地惊叫起来：“哇！太惊艳了吧！”“我的天！这是从哪部电视剧里走下来的女一号呀？”接下来，大家纷纷求她约女儿过来一趟，好让大家过过眼瘾，可是她拧着眉毛做愁肠百结状：“我根本就逮不着她人影儿！饭局一排就能排出两周去！今天呀，有可能在吃铁板烧呢！”于是有人讨好问道：“都是凤求凰的吧？有男朋友了吗？”她答：“没呢！孩子还小呢，不着急。”我听明白了，这女孩因为天生丽质难自弃，所以，正被众垂涎者殷勤排队请吃饭呢。

曾听有人盛赞一个漂亮女孩：人家的脸蛋就是粮票啊！是啊，长得美就有人愿意供着，愿意请吃饭。但是，我特别想知道，这些美人儿的父母究竟是咋想的，真的急吼吼想看看漂亮女儿的脸蛋到底值几顿饭钱？

曾经有个高中女生的母亲忧心忡忡找我做心理咨询。据她说，她家女儿生得美，所以，班上的男生都争相进献各种小食品。女孩“不想得罪人”（其母语），对小食品来者不拒。结果，生出了祸端。两个男生为了争夺美人儿打起来了。女孩的班主任对女孩连挖苦带羞辱，女孩在班里待不下去了……我给出的建议让那个母亲很失望：告诉你家女儿，以后不要接受任何男生的小食品；另外，你多给她点儿零花钱，馋的时候让她自己去买。

唐山话里有个挺逗的句子是这样说的：给块糖疙瘩就跟人走了。是嘲笑人眼窝浅、脾性贱、身价低、好打发。你分析一下那吃了人家“糖疙瘩”的人的心理吧——我嘴正淡，偏巧有人给了块糖疙瘩，却之不恭，却之不甘，只好吃了吧；吃了可就把魂儿典当给人家了，当人家提出违逆自己心思的要求来，你刚想拒绝，可你嘴里那块糖疙瘩老大不乐意了，舌头贪过人家的甜，还有啥力量拧着劲儿说“不”啊？罢罢罢，索性跟人家走吧！（行笔至此，突然感觉“糖疙瘩”的象征意义不仅限于此。）

想想看，是不是这么个道理——在金钱上占了点儿小便宜，就有一个大亏在不远处等着你了；而在金钱上吃了点儿小亏，却为日后的选择赢得了主动权。

为了给女儿赚取一份尊严，为了给女儿留下一条退路，为了让女儿硬气地说出一个拒绝的理由，全家人要形成这样一个共识：不占性别便宜，不占脸蛋便宜。女孩要告诫自己，不可贱卖了自己的青春，不可两个肩膀扛着一张嘴去吃人家的小食品、豪华宴；跟男孩们一起吃饭的时候要抢着买单，否则就 AA 制。

家有待字闺中的女儿，父母要学会克制点数女儿被几多“凤求凰”的人家请吃饭的虚荣与冲动，让女儿手头宽裕些，别让她被一块“糖疙瘩”给拐跑喽，也别让她被一顿“铁板烧”给烧晕喽。切记：能让女儿手不软、嘴不短、心理零负担地理智选择她的另一半，是做父母的送给女儿的一份尊贵大礼。

被欣赏的与被淘汰的

健康、品行、性格、情趣对一个人有多么重要。

江老师的女儿26岁了，还没有找到男朋友。江老师的一个同事热心地充当起了红娘，把江老师当年的一个得意门生介绍给了江老师的女儿。

江老师执意让小伙子到家里来吃顿饭。盛情难却，小伙子便在红娘的陪同下来到了江老师家。

饭吃得并不十分开心，原因是江老师没有看上这个有意做自己未来女婿的人。小伙子走后，江老师对红娘说："他读中学的时候，我是多么欣赏他啊！他学习成绩棒，又特别听话，调皮捣蛋的事儿准找不着他。现在，人家也挺成功，这么年轻就当上了单位的中层干部。可是，要让他做我家的女婿，那就不够格了。你看他的背，明显地驼了，像个小老头儿；你看他的近视眼镜，足有800度吧，以后会影响生活质量的；你再看他说话时细声细气的样子，哪像个小伙子啊；最让我看不上的是他那么古板，一点儿幽默感都没有，我女儿要是跟这样的人生活一辈子，她上哪儿去找快乐呀！”

不知道我们评价学生的标准和选择女婿的标准为什么会存在这么大的差异。我们培养学生的时候，轻易就可以忽略掉他的健康、品行、性格、情趣，我们对孩子行走坐卧的不良姿势视而不见，对孩子日渐加厚的近视镜片司空见惯，把孩子的沉默寡言看成稳重，把孩子的冷漠无趣说成乖巧。我们把教育的目标制定得那么宏大，一心要为国家培养出“栋梁之材”。我们顾不上关照孩子们迥异的个性，我们只管夜以继日挖空心思地教鸟儿去游泳，教鱼儿去飞翔。我们眼里标准版的“好孩子”，就是不惜以失去一切为代价去换取高分的人。但是，当我们苦心调教出来的“好孩子”欲走进我们的生活、成为我们家庭的一员的时候，我们却坚决地将他挡在了门外。似乎直到这个时候，我们才恍然明了健康、品行、性格、情趣对一个人有多么重要。可叹的是，我们今天向这个人所讨要的一切，在他最适合获得的时期被我们不由分说地剥夺掉了。

我们的教育，是不是在考虑为国家培养“栋梁之材”的同时，也考虑一下如何为更多的普通家庭培养出无疾患、有趣味、善谈吐、气质佳的女婿和儿媳？

第三辑

只将窄梦付宽春

人活在世上，仆仆地前行，在这遥迢的途程中，
最沉重的其实并不是某种外物，
而是自己那颗无法安定的心啊。

只将窄梦付宽春

它总是竭力营造着属于自己的“局部晴天”。

我友，靓且有趣，平日里我喜唤她笔名“散儿”。

散儿在高校教古典文学，课讲得满堂生辉，倾倒无数男女。我去她任教的学校办事，打校长的旗不好使，打散儿的旗好使。

暮春时节，忽而得知散儿罹病，在一家医院做了手术。我去看她，她身体虚弱得笑起来都吃力，却依然忘不了逗趣：“不想让你看到我这副德行，只琢磨着等好利落了，再去见你，在你面前撩开衣服，给你看狰狞的刀疤。呵呵，连台词都想好了——用炫耀一件新衣服的口吻跟你说：咋样？你没有吧？”

看她床头放了一本《宋词》，我问：“还看书啊你？可别累着。”她说：“这是我的麻药。伤口疼的时候看两眼，止疼。"

从散儿那里回来，终是对她放心不下，担心她在病榻上太过忧闷，便时不时转发一条好玩的短信给她看。她有时会回我一段宋词，不是"恨芳菲世界，游人未赏，都付与莺和燕"，就是"纵岫壁千寻，榆钱万叠，难买春留"。我猜想她是在借惜春自怜自叹——虽说她是个豁达敞亮的人，但病中的心境，总是难免凄凉惆怅的吧。

忽一日，一连收了散儿发来的四条短信，吓得我赶忙丢掉手中的活儿，专心看起她的短信来。一看之下，才晓得是她这条"吃古书的虫子"（散儿自况）犯了"职业病"。

以下便是她发来的短信："哈哈！今细读姜夔词，有一重大发现，愿与君分享——姜夔这家伙，炼字的功夫着实了得！有一个字，他用得密极且妙极！就是那个'吹'字啊！且看：'梅边吹笛''香粉吹下''清角吹寒''翠叶吹凉''疏桐吹绿''老鱼吹浪''朝寒吹翠眉''吹入垂杨陌''渐吹尽，枝头香絮''西窗又吹暗雨''一夜吹香过石桥''又片片吹尽也，几时见得'……试问当今最善'吹'之人，谁个又能'吹'过这个姜老爷子？"

一时间，我和我的手机都被遥远的姜夔和并不遥远的散儿吹得幸福地眩晕起来……

真是欣赏散儿的心情，无论怎样，它总是竭力营造着属于自己的“局部晴天”。忆起那年冬季，散儿去西安学习，她的丈夫乘隙和一个女孩好上了。消息传到我耳中，气得我回到家和自己的男人怄气，仿佛是，他辜负了我。散儿从西安回来后，我们都相约对她保密，不想她居然全部知晓了。她不吵也不闹，卷起行李就住到学校宿舍去了。散儿的丈夫懊悔不已，到学校向散儿道歉，跪下央散儿回家。散儿说：“你当真爱我不爱她？”那男人说：“我跟她只是逢场作戏，从来没用过真心的。”散儿说：“好吧，你把她叫来，当面告诉她这一切。然后我就随你回家。”那男人便果真那样做了，散儿也就果真雍容践诺。事后我夸散儿大度，散儿说：“不大度又能怎样？一条虫，蛀了我的苹果，我再恼火，那虫眼也弥合不上了。我所能做的，就是尽快剜掉那虫子和虫眼，然后，庆幸自己的苹果还没有彻底烂掉。”

身上有了狰狞的刀疤，爱上有了丑陋虫眼的苹果，这些，无疑都是让人伤怀的事，换作旁的女人，或许会选择纵声大哭的吧？但这个散儿却偏不哭。她出院后发给过我这样一句话：“只将窄梦付宽春。”我备极赏爱，问她出处，她答：“嘻嘻，是散儿自家‘组装’的，喜欢的话，就常温习吧。”

自心华屋永不灭

找到生命的源头活水，明了自我安身立命之所在。

我忘不掉台湾的中台禅寺。

“朝圣”的路上，我一直在偷笑。因为导游说那是一座安装了电梯和LED显示屏的禅寺，他还说，那座禅寺拿过建筑设计奖，拿过灯光设计奖——天！那是禅寺吗？

置身于一座中西合璧的华妙建筑前，见香客熙来攘往，却看不到一人焚香。导游说：“喏，你们注意到了吧？这可是一座‘禁止烧香’的禅寺哦！烧香，既会造成大气污染，又会弄脏地面、熏黑殿宇，还会带来火灾隐患，所以呢，中台禅寺号召香客们用鲜花和水果替代香烛。都说‘佛争一炷香’，可中台禅寺的佛，偏偏就不争那一炷香啊！”听得我们唏嘘慨叹起来。等地导的工夫，见一位年轻男子，捧了一束类似满天星的素色小草花，从我们面前飘然走过，澄澈的目光直视前方，口中念念有词。

地导来了，是个单单薄薄的女孩，讲一口又甜又糯的台湾普通话。她向我们介绍中台禅寺的住持惟觉大和尚，介绍惟觉大和尚的弟子、禅寺设计者李祖原居士，介绍禅寺享誉台湾的著名修持活动“禅七”……她带我们参拜寺内一尊尊精美佛像，那汩汩从她口中流出的，不像是解说词，倒像是佳妙的颂词。最让人讶异的是，每到一尊佛像前，女孩都不急着讲解，而是扔下我们，凝视佛像，双手合十，俯首轻诵一声“阿弥陀佛”，从容完成这项“必修”的功课后，她才款款转身面向我们，开始悄声细气的讲解。

最让我感兴趣的是“禅七”。所谓“禅七”，就是禅坐七日，达到“定心、净心、明心”的目的。地导说：“如果要给‘禅七’一个通俗解释，那就是‘七日思维修’。”我们去的不是时候，“冬季禅七”尚在准备阶段。“禅七”居然也要分“界别”，其中有一个名目叫“学界精进禅七”。“学界精进禅七”所接收的均是来自世界各地的教育界人士。他们笃信《禅门经》所言“求佛圣智，要即禅定；若无禅定，念想喧动，坏其善根”，因而来到中台禅寺“打禅七”——通过七日禅坐，找到生命的源头活水，明了自我安身立命之所在。“禅七”，就是直接进入战场，跟自己作战，短兵相接，返照自心。“禅七”期间，要早晚课诵《心经》；“禅七”所医，是“妄想、昏沉、无聊、无记”四大心病，提倡“人在哪里，心在哪里”。我注意到，“激发惭愧心”，竟也赫然列入了该项修持活动的目标。在这七天当中，参禅不仅仅在禅堂进行，还要力求做到“行亦禅，坐亦禅，吃喝拉撒皆是禅”……“禅七”又叫“生死七”，开悟则生，不开悟则死。据说，在中台禅寺“打禅七”的居士均可开悟。我饶有兴味地揣想着自己的教育同行们怎样欣喜地携着菩提种子离开，将善与力撒播到菁菁校园——这件事，想想都令人开怀。“外在高楼终归坏，自心华屋永不灭”，这是我在禅堂之外的匾额上看到的一副对联，读着它，仿佛读着自我的心语。喜不自胜地拍下来，一遍遍默默习读。

离开中台禅寺的时候，我们每人获赠一瓶“吉祥水”。地导提醒道：“各位，这可不是寻常的矿泉水，它是开过光的吉祥水哦！师父们对着这水虔诚诵经，使水的品质发生了奇妙的变化。记得把这美好祝福带回家，和家人一道分享哦！”纵然我们知道地导的话有明显的夸饰成分，但我们每个人都欣然将这取自有着强大的仁爱气场的“吉祥水”小心翼翼地带回了数千里之外的家。

“中台拈花，众生微笑”，这是镌刻在中台禅寺徽标中的八个大字。“中台”，被我一厢情愿地诠释成了“我心中的灵台”。在这座“最现代化、最艺术化、最生活化”的寺院里，我未曾点燃一炷香，然而，我一直固执地在心里将自己唤作“香客”——在这佛光闪闪的圣地，我心香高燃。那香烟飘袅的，是我无尽的禅思；那香灰溅落的，是我消解的尘劳。我的心，虽不曾在禅堂里静悟七日，但是，我愿意在接踵而至的一个又一个的七日里跟那个“妄想、昏沉、无聊、无记”的自己作战，短兵相接，返照自心，以期建成一座“永不灭”的“自心华屋”。

惊喜力

惊喜力就是赶来拯救厌倦的心灵的。

这个词是我“自造”的——惊喜力。

我以为，“惊喜”确乎是一种能力，一种值得夸耀的能力。

我学校有一句人人皆知的口号：“让生命的相遇充满惊喜。”惊喜，是一种喜出望外的欢悦——感谢相遇，感谢上天安排你我走进对方的生命里。网友说，人生不过四亿次眨眼，在这匆遽的一生当中，有缘的人来到同一所校园，在同一个屋檐下厮守数年，每天彼此相守的时间，远远超过了与最亲密的人相守的时间，这是几世修来的缘分！

仿佛一夜之间，纳兰容若的一句诗就火遍了全国——“人生若只如初见”。我的学生在适宜的地方引用它，在不适宜的地方也引用它。他们未必知晓这诗句后面的“等闲变却故人心”的苍凉悲吟，只管在惊鸿一瞥、电石火光的定格中忘情啜饮“初见”的琼浆……

一见倾情的“惊喜力”，好比露水，往往禁不起朝阳的热吻。

想那散文家苇岸，在1998年突然动了一个奇怪的心思——为古老的二十四节气造像！他在自己居所附近的田野上选择一个固定点，在每一个节气日的上午九点钟，观察，拍照，记录，最后形成一段文字。他在《惊蛰》中写道：“‘惊蛰’，两个汉字并列一起，即神奇地构成了生动的画面和无穷的故事。你可以遐想：在远方一声初始的雷鸣中，万千沉睡的幽暗生灵被唤醒了，它们睁开惺忪的双眼，不约而同，向圣贤一样的太阳敞开了各自的门户……”在苇岸眼中，世界，永远是刚刚“启封”的样子，人间纵然经历了千万次“惊蛰”，他依然雀跃地将眼前的这个“惊蛰”视为鲜媚无比的新娘。

——惊于惊蛰，蛰雷未曾在天空炸响，已然在心空炸响。这等惊喜力，委实令人叹服。

看过一个视频，拍的是宝宝初次冲进雨中的情景。她惊讶，她欢喜，她旋转，她癫狂。她仰着小脸承接那雨丝，欢悦得如同一头撒欢儿的小兽。我想，当这个小生命长大，当她在凄风苦雨中独自擎伞赶路，那视频中的画面，还会在她脑海中浮现吗？

当惊喜力被成熟的理性所睥睨，它便会羞赧地逃遁。

有人说："熟悉的地方没有风景。"熟悉的地方不是没有风景，而是眸子生了锈，不肯再将风景视为风景。入秋，我通过微信发了一组"秋林盛开"的红叶图，有个旅游成性的微友看了，惊呼道："周末你去北京香山了？"我回："没有。我去的地方，距贵府不足百米。"我能猜到他看到这条回复后的表情——惊中有疑，疑中有鄙。襟袖之间的风景，是打了折的风景。太容易亲近了，反丧失了亲近的欲望。

在我看来，越是肯对微不足道、司空见惯的事物奉献惊喜力，越有可能将自我修炼成一处绝佳的"精神风景"。

究竟谁能说得清楚，那个叫"磨损"的词，生着何等的利齿？它针尖挑土般，一点点偷走"初见"的惊喜，让鲜润的不再鲜润，让颓败的愈加颓败。与"磨损"进行的拉锯战，几乎要伴随我们整整一生。

我讲课时多次提到张中行先生的一件小事。张中行先生九十岁时，得到一块心爱的砚台，他长久地抚摩它，神情快乐得如同进入了天堂。当朋友来探望他，他会慷慨地将爱物示人，拿起人家的手，放到那砚台上，和人家一道抚摩——"你好好摸摸，手感多么滋润啊！"他这样说——爱得动一方砚台的心，依然是一颗蓬勃的少年心。

爱着爱着就厌了，飞着飞着就倦了，这是多么雷同的生命体验。惊喜力就是赶来拯救厌倦的心灵的。初次淋雨的幼儿，初次相望的眼眸，这些“初次”当中有你吗？“初次”之后呢？惊蛰惊醒你了吗？红叶染红你了吗？有那么一个人，经了77回梅开，再看时，依然难掩初见般的惊喜，恨不得在每一树盛开的梅花底下都放置一个“我”，纵宠自己看个够、看个饱——“何方可化身千亿，一树梅前一放翁？”陆游78岁时那“满格”的惊喜力，你有吗？

执虚如盈

每一天的月亮其实都是圆的。

每当听到学生们背诵《弟子规》中“执虚器，如执盈”的时候，我都会不由自主地放慢了脚步。

好喜欢这两个短句！一遍遍在心里默念它，被提醒的顿悟与被寄望的欣悦暖暖地包围了我。

从字面上来看，它很好理解——就算你手里拿着的器物里空无一物，你也要当它盛满了东西一样，小心翼翼地捧着，不要生出半点儿轻慢不恭。

我试图让自己潜入这两个短句的深层，轻轻叩问一下作者：先生究竟出于怎样的考虑，号召人们视“虚”为“盈”呢？难道说仅仅是为了爱惜器物、不使之坠地吗？

——当然不是。

先生应该是十分看重那颗“恭肃的心”的。即使是捧着一只粗瓷的空碗，也当那里面盛满了佳肴美馔，不因“空”而生狎昵，恭肃的心，惴惴地悬了，让“盈”在这一刻成为“虚”的别解。

我得承认，我是慢慢喜欢上那种“执虚如盈”的庄肃感的。在这个美好的提示面前，我郑重地将自己所打发走的日子归了类，分为“执盈如虚”“执虚如虚”“执虚如盈”三个阶段。

在“执盈如虚”的岁月里，何曾知道自己正“执盈如虚”？生活将那么多盛满了琼浆的精美器物送到我手中，我却没想到它们都是需要我怀着一颗恭敬的心去珍爱的。这颗心，与其说是粗疏的，不如说是贪婪的，它惯于挑剔，惯于骄横，惯于在一朵花前遥想另一朵花。

后来，生活或是恼了，竟粗暴地略去了“洽谈”的程序，劈手从我怀里掠走了一些，又掠走了一些。我不能呼告，不能悲鸣，只能默默注视着自己越来越空虚的怀抱，惊恐莫名。于是，赞歌喑哑，腹诽茁长。一双“执虚如虚”的手，注定逃不掉被荒漠吞噬的命运。

感谢那个飘着海腥味的夏天，它使我幸福地读懂了“盈虚”的内涵。在那条仿佛被世界遗弃了的夜航船上，我站在甲板上看下弦月，一位写诗的大姐静静地站在我身旁，我叹口气说：“月缺的日子，总是多于月圆的日子——多像生活！”大姐却说：“换个角度想想，每一天的月亮其实都是圆的——你用光明的想象补充上那暗影部分就成了。”我把这说法进驻我的心的那一天看成节日，因为就是打从那一天开始，我渐渐修炼了一项将一弯金钩看成一轮玉盘的本领。

那一年，在大昭寺，顺着导游的手指看去，我们看到了那么多塞在“牙柱”缝隙里的牙齿。导游告诉我们说，这些牙齿都是朝圣者的，他们不幸死在了朝圣途中，同行者便敲掉他们的牙齿，带到了这令他们神往一生的圣地。浩叹四起。我知道这些浩叹背后不乏鄙夷的同情，但是，我却忍不住朝那些牙齿深深鞠躬。想那毅然踏上朝圣之路的人，大概都曾逆料过这样一个途中抛尸的结局，可这却没有成为他们逃遁的理由。甘心的生命，甘心的灵魂，将空虚的朝圣之旅装扮得一路花开。

恭肃的心，充盈了器物；颖慧的心，充盈了月亮；虔敬的心，充盈了天地。说到底，真正空虚空洞的，既不是器物也不是生活，而是我们昏花的眼与蒙昧的心。

“执虚器，如执盈”，是一种态度，更是一种境界啊。

镇痛良药

真正的分担、理解、爱与同情从来都是这世间的镇痛良药。

一个早年同事的丈夫患了恶性肿瘤，我听说后便打电话给她，表示要去探视。她听后十分紧张地问我道："你是怎么知道的？是谁告诉你的？还有谁知道了这件事？你千万别来！我们家只有我一个人知道我丈夫的病情。他的父母，我们的儿子，谁都不知道他得的是那个病。从最早怀疑，到确诊，到手术，都是我一个人在忙前忙后。我不敢告诉我丈夫，他心眼特别小，我怕他知道了撑不住；我也不敢告诉我儿子，他正上高三，要是知道了他爸得了那个病，他学习肯定会受影响；我更不敢告诉我公公婆婆，两个人都七十多岁了，浑身都是病，要是知道他们儿子得了……那个病，那还不要了老两口的命？我也不让任何朋友来探视，我担心会有人一不留神说走了嘴——请你理解。”

我问她：“那你就这么苦着自己了？你不想让任何人分担是吗？你不怕落埋怨？不怕一旦家人明白了真相，说你剥夺了他们尽力的机会？你怎么面对他们日后想弥补却已永远错过的那份痛苦？你真的不想知道你丈夫在得知他大限将到时最想抓紧做些什么？还有，你不觉得有人是真心想为你分忧、想和你共同面对吗？”

她在电话那头哀哀地哭起来。末了她说：“我想不了那么多！我只是想豁出我一个人去算了！”

我不知道接下去该怎样劝她了。她那么好，把那么沉重的担子不由分说就扛起来了，真叫人钦佩。但是，我为她把家人想得那么脆弱感到遗憾，也为她把朋友想得那么糟糕感到遗憾。

想起了已去世的前美国总统罗纳德·里根。在被确诊罹患阿尔茨海默病之后，这位曾在银幕上、公众中有着良好形象的总统大人居然急切地将自己不体面的病张扬了出去。他撰写了《致全国同胞的公开信》，告诉全国人民，他成了数百万美国早期阿尔茨海默病患者之一。在这封信中，里根提到了她的夫人南希患乳腺癌、他本人做了肿瘤切除手术之后，他们都及时公开宣布了自己的病情，结果是大大提高了公众的警惕性，许多人都去做了检查，不少患者得到了早期发现、早期治疗。里根在公开信的末尾这样写道："当上帝不论什么时候召唤我归去之时，我将怀着对我们祖国的无限热爱和对未来的永远乐观而离开人世。现在我开始走上了生命日衰的途程。但美国的前途是无限光明的。谢谢，我的朋友们，愿上帝赐福于你们。"

"人有病，天知否？"这话是毛主席说的。天不知人厌恶疾病，把病痛强加给了无辜的人。这份推不掉的礼物，检测着世态的炎凉、人心的冷暖，也将人对爱与责任的理解以及对他人的信任抑或防范来了个大曝光。

我想，我那个同事心里一定装了很多的爱。从她的语气中，我听出了她对丈夫"那个病"的极度恐惧，但是，爱让她战胜了恐惧，爱让她毅然决定要将隐瞒进行到底。她的爱，是抛却他人唯信自我的爱。她有一种致命的隐忧，她几乎认定了丈夫的病多一个人知道就会多裂变出一种不幸。很显然，她的爱里有一种极浓重的悲剧色彩。

里根心里也装满了爱，所不同的是，他的爱是基于对别人的信任，他相信他和南希的病多一个人知道他们就能够多卸掉一份痛苦。甚至，他们还指望着发挥自己疾病的潜在价值——唤醒更多的人对疾病提高警惕，努力去亲近健康。"我打算多享受些野外生活的乐趣并与我的朋友和支持者们保持联系"，这，就是这位政坛强人在得知自己大限将至时的最大心愿。面对这坦陈的心愿，没有人会不乐于成全。

——不管出于怎样的理由，我都不愿意看到上帝惩罚一个人独自去默默承受那病痛来袭时的悲苦。我永远都不怀疑，真正的分担、理解、爱与同情从来都是这世间的镇痛良药。

遍地筛子

愿更多的人看到那被命运之神放置的遍地筛子。

我的一个同事告诉我说，他碰上了一件奇事！

他打开自己手机的“每日备忘”栏，翻到2007年2月7日（农历十二月二十），激动得有些气喘地说：“我本来只是随便记下了这些东西，为的是开班会的时候给自己提供一点儿参考内容的，谁想到竟……”

我接过手机，从显示屏上读到了下面的文字：“雪大，未停，教务处通知可自愿上晚自习。坚持上完两节自习的同学共19人：马婷，夏小伟，周万鹏……”

“知道吗？”他说，“我们班今年高考上二批本科的，恰好就是这19人啊！怎么就那么巧呢！”

我也十分惊奇，忍不住又将那条简单的手机备忘文字仔细看了一遍，然后对他说："的确太令人不可思议！但是，你好好琢磨琢磨，偶然中是不是包含着某种必然？"

我想到了毕淑敏老师早年写的一篇小文章，题目叫《暴雨筛》，写的是发生在一位"南方女友"身上的真实故事。那位女友 35 岁考上了一所夜大学，每天下班后穿越五条街道去上课。一天傍晚，台风突然来了，暴雨倾盆。那时电话还没有普及，她没接到学校发出的停课通知，于是她顶风冒雨连滚带爬地赶到了学校。到校后才发现，3000 人的学校，从老师到学生，除了她，没有一个人来！但传达室的老师傅却给予了她很高的褒扬。他说，暴雨是一个筛子，将那些懦弱者、犹疑者统统筛了下去，仅在筛网之上留下了最有胆量最不怕吃苦的人。这样的人，"以后会有大出息"！后来，她果然在自己的人生中赢得了更大的成功。

大雪是一个筛子，暴雨是一个筛子，人生许许多多的时刻都是一个筛子啊。

如果你是一个善于迁就自己、姑息自己的人，你就会听任自己在某些"特别的时刻"松弛懈怠，你总能用一个个强有力的理由劝止自己前行的脚步。你会说，春困夏乏秋打盹，睡不醒的冬三月，一年三百六十日，岂有读书好时节！

再以一天为例，清晨起床，你首先遇到了"闹铃筛"，你买了个延时闹铃，每隔五分钟闹铃就喊一次"懒虫起床”，可是你在心里跟自己说，我不是“懒虫”，所以我不必起床；来到学校或单位，你遇到了“效率筛”，一件事，你愿意磨蹭着做，聊会儿天，想会儿心事，不到最后的时刻就绝不着急上火，“日事日毕”对你来讲简直比登天还难；晚上回到家，你又遇到了“电视筛”，韩剧那么长，你却甘愿让它把你的宝贵生命当成面条来抻，你看到人家利用业余时间做成了许多事，非但不心生钦仰，反而嘴硬地说那是命运女神在拍那些人的马屁，你根本认识不到自己原是被一个又一个无形的筛子无情地筛落的尘屑。

我曾在一个场合说过，我们再也不要用“怀才不遇”这块祖传的遮羞布来遮羞了！当今世界，“怀才”者不易“不遇”，因为机会实在是太多了！我们要思考的不应再是“遇与不遇”的问题，而是“怀没怀才”的问题。若果真怀才，所有的“不遇”早被改写变成了“遇”。说到底，筛网之上的生活，不可能来自任何人的恩赐，而只能是不甘沉沦者用一个绝对大于筛眼的志向，成功将自己留在了理想的境地。

我清楚地看到了放置在 2007 年 2 月 7 日的那一场大雪中的筛子。我不知道那筛网之上的名字还将继续为我们讲述多么奇妙的故事，我愿意耐心等待，悉心倾听。

愿更多的人看到那被命运之神放置的遍地筛子，愿更多的心灵能在筛网之上轻灵舞蹈，自在飞翔。

心安是福

我在不心安地奔波劳顿之后，又为自己选择了不心安而难以安心。

在北戴河海滨，有行走的小贩起劲地兜售贝壳。那是刚刚从大海里打捞出来的各种漂亮彩贝，用塑料袋装了，一袋里面约有 20 枚。小贩跟定了我，不停地说："买一袋吧！才 30 块钱，比零买合算多了！"我禁不住诱惑，俯下身，认真地挑选起来。50 块钱，我买了两袋，觉得占了天下最大的便宜。

但是，不久我就懊悔了。那可心的"宝贝"渐渐成了压手的累赘。一手一袋，越走越重，累得人连伞都撑不动了。同行的朋友同样手提两袋贝壳，苦笑着对我说："嗨，你还要不要？你要是要，我把这两袋卖给你，你给五毛钱就成！"

在老虎石附近，我看到一个和我们一样手提贝壳的老妇人。一定是，她也和我们一样为那压手的“宝贝”所累。只见她蹲下来，双手在沙地上挖了个坑，然后就将那几袋贝壳放进了坑里。我和朋友会意地大笑起来。老妇人抬眼看看我们，诡秘地一笑，继续做她的事情。朋友忍不住逗她道：“阿姨，您当着这么多人的面埋藏宝物，不怕别人偷走吗？”老妇人一边往坑里填土一边快活地说：“你偷啊，待会儿我走了你就来偷，好吧？”

离开了老妇人，朋友跟我说：“要不，咱也先把这东西埋上，等回来的时候再刨出来。你看咋样？”我坚决不同意，说：“跟那个坑比起来，我更愿意相信自己的手。”

接下来，我们租垫子戏水，又打水滑梯。玩这些游戏的时候，我们轮流看护着那几袋沉甸甸的“宝贝”。说实在的，获得宝贝的欣悦渐渐被守卫宝贝的辛苦消磨殆尽。

太阳偏西了，我们疲惫不堪地往集合地点走。路过老虎石的时候，我们不约而同地靠近了老妇人埋宝贝的地方。朋友笑着说：“有三种可能——东西被老太太拿走了，东西被别人拿走了，东西还在。”我十分自信地用脚跺着一个地方说：“就是这儿。”朋友环顾了一下四周，确信没人注意着自己，猛地将手中的长柄伞往下一戳，“嚓”的一声，是金属碰到贝壳的声音。

“还在！”我和朋友异口同声地喊出声来！

突然地，我心里很黯然很怅然。惊问自己：怎么，难道说我是在渴盼着老妇人的东西被人盗走吗？不不。那么，我的黯然和怅然又该做何解释呢？大概是，我在为自己愚蠢地错失了仿效着老妇人卸掉重负的机缘而沮丧吧。想想看，人活在世上，仆仆地前行，在这遥迢的途程中，最沉重的其实并不是某种外物，而是自己那颗无法安定的心啊。一个巢，心安下来就是家；一个穴，心安下来就是福。想那个老妇人，天真地挖了一个坑，然后心安地把一份天真寄存在里面。这一日，她一定玩得比我们好。她轻松地行走，轻松地戏水。太阳偏西了她也不急着来取走她的宝物。待到她归来刨出她的彩贝，她就可以微笑着为自己的心安加冕；而我呢，我在不心安地奔波劳顿之后，又为自己选择了不心安而难以安心——我的累，源于手，更源于心啊。

借一双眼睛看世界

我懂你，你懂我，我们共同懂它。

世界杯期间，清云独自驾车，从北京来到唐山。得到消息，稍稍吃了一惊，电话里问他："来干吗？有事吗？"回答说："来找子森，一起看世界杯。"我沉吟了片刻，然后蠢蠢地问了一个被他大笑着转述给若干人的问题："难道你家没有电视机吗？"

清云、子森是我的大学同学。大学期间，这两个大男人彼此热爱，又共同热爱着世界杯。他们能够容忍中国队不出线，却不能容忍天各一方看球赛。我想，大概跟我逛街有个"首席陪逛"一样，他们看足球，也需要一个"首席陪看"吧。

不由想到我的一个"石碾迷"朋友。就在前天，他打来电话，激动不已地对我说："我最近又得到了一台碾子，漂亮极了！快让你们的美术老师来看看吧！”这个“石碾迷”朋友住在市郊，小院里摆满了他走村串乡“淘换”来的石碾。我们的那位美术老师的拿手好戏就是用画笔赞美他的石碾。两个人曾经用一台石碾充茶几，端坐于小院的苦楝树下品茗，从日中直品到日落。

就像通过清云、子森我对足球产生了兴趣一样，通过“石碾迷”和那位美术老师，我对石碾产生了兴趣。

——借一双眼睛看世界，能看出不一样的精妙与精彩。

看过一幅有趣的漫画：一只肩负使命的蜗牛，伸着长长的触角，从一棵树上往下爬，它爬过了晨昏，爬过了风雨，爬过了无数寂寞难耐的时光，终于爬到了树下的目的地，在那里，正有另一只蜗牛在耐心地等候。肩负使命的蜗牛深情地对那只等候的蜗牛说：“亲爱的，这棵树的第三个枝杈上开了一朵最美的花，我要带你去看。”——它来不及想，它说这话的时候，那最美的花是否已经零落成泥。

重要的时刻，美丽的景致，都愿意与至爱者分享。这称得上是深情者一种美好的通病吧？

我懂你，你懂我，我们共同懂它，我们拥有一起欣赏它、品评它的经历——我是这样理解“知音”的。仅有我懂你或你懂我，是令人叹惋的；我懂你同时你也懂我，是令人欣喜的；我们在互懂的同时又有着同样的嗜好与品位，是令人羡妒的；我们彼此的心里，珍藏着并肩看云听雨的美妙时光，叠合着共同啜饮生命佳酿的难忘时刻，在同一个精神牧场，我们放牧自己的心情，听任一滴忧喜在两个心湖上荡起一圈圈同心的涟漪——这样的诗意人生，无疑是可以安慰世界的。

我不认为那带来了迟到的花开消息的蜗牛是可悲的。看到了美好的景致，压根儿想不到与人分享，或者环顾四周竟找不到一个可分享的人，那才是真正的可悲。那只等在树下的蜗牛，被一份痴爱泡醉，它无疑已然看到了那开在第三个枝杈上的最美的花朵。

我们孤独地来到这个世界上，又将孤独地离去。有人说，人生不过是四亿次眨眼。我想说，趁着这“四亿次”正被我们幸运地拥有着，让相知的人靠近些再靠近些，让爱消弭所有的距离，让足球、石碾与花朵成为我们割舍不下这不完满的世界的珍贵理由。

月下看猫头鹰

世界妥藏了太多的美，不轻易示人。

殿波的微信几乎都是跟绘本有关的。我送他一个雅号：绘本之父。我曾有幸走进“绘本之父”的家。哇，顶天立地的书柜里，摆满了绘本！他的一团稚气的妻子和一团稚气的孩子（那孩子足有一米八高了），也被他带动得沉溺于绘本中，不能自拔。殿波说，晚饭后三口人窝在沙发里看绘本，是他家最惬意的夜生活。

我让殿波说一说在这些绘本中他的最爱。他眼里闪着孩子似的天真的光，脱口道：“当然是《月下看猫头鹰》！”

记住了这个书名，却没有急着去寻去看。直到有一天，这只猫头鹰几乎是和我撞了个满怀。

我独自乘坐火车，对面座椅上的一对母女正在翻看一摞绘本，其中居然就有《月下看猫头鹰》！我正在埋头读一本教育管理类的书，讲南方普通话的妈妈开始为她的女儿读《月下看猫头鹰》了。我索性丢掉手里的书，闭目静听。

一个孩子，跟随父亲踏着积雪走进夜的松林。父亲模拟着猫头鹰的叫声吸引猫头鹰。月光照着他们冻僵的脸。他们等啊等啊，终于，松林深处传来了回应的声音……

故事还没听完，我已经按捺不住地网购了《月下看猫头鹰》。

绘本送到我手上时，房间里坐了很多人，聊的是关于“资金缺口”的沉重话题。大家好奇地盯着我手里的邮件看。我知道他们希望我当场扯开包装袋向他们炫耀新购的书。但是，我没有。我不想跟他们解释这么大一个人了为啥会网购一册绘本。

关起门，我尾随着那个女孩和他的父亲，再次踏着松脆的积雪走进夜的松林。蓝的夜，白的雪，银色的月光，金色的猫头鹰。当爸爸倏然打开他的手电筒照到那只循声而至的猫头鹰时，父女俩与猫头鹰对视，我与纸上的这个场景对视。“你看我，我看你，看了一分钟，三分钟，或者足足看了一百分钟……”当那个金色的精灵化作一道黑影飞走，我们都没有叹息。书上写道：“出去看猫头鹰，不需要说话，不需要温暖舒适，也不需要别的什么，只要心中有一个希望。那个希望，会用没有声音的翅膀，在明亮的，看猫头鹰的好月光下，向前飞行。”

月下看猫头鹰，100 个人看到了 100 种“心像”。甚至是，你缺少什么，你就被殷勤弥补了什么——父爱那么真切，仿佛随时可以从纸上走下来，暖暖地拥住你；美那么真切，在你与月下的猫头鹰对视时，美就在你的襟袖之间盘桓；勇气那么真切，自觉拒斥“温暖舒适”的心，因为获得了嘉奖而变得愈加强大；希望那么真切，你只需耐心地等一等，它就会和着你心底的歌声翩然飞临……这多像一个投射一生的神秘寓言，在“好月光”的照耀下，它稳稳地托举着你，向前飞。

我想，每一个人，都应该到月下去看一回猫头鹰；至少，也应该看一回《月下看猫头鹰》。世界妥藏了太多的美，不轻易示人。那幽密的通道，只朝热切渴望的心灵洞开。当现实将我们抛在毫无诗意的世俗荒野，当岁月一点点收走我们曾经葳蕤的童真，我们还有没有兴趣跟着那父女俩来一场纸上的冒险，兴致勃勃地邀约隐匿在松林深处的猫头鹰？

在发给殷波的微信中，我写道：“我看到了月下的猫头鹰，并且是不止一次。嗯，那的确是一只非常‘治愈’的猫头鹰，我的‘成人病’，竟在那凛冽的冬夜里被猫头鹰一声声‘呼呼’的啼叫给吓跑了……”

世界以痛吻我

"痛吻"，是生活强行赠予我们的一件狰狞的礼物。

世界以痛吻我，要我回报以歌。这凝重的诗句，是泰戈尔的。

我不知道这两句诗的原文是怎样写的，但却觉得翻译得妙。有一回，我的一个学生发来短信，说她被至爱的人辜负得很惨，她写道："我恨他，因为他让我恨了这世界！"我连忙把泰戈尔的这两句诗发给她，并解释说，那所有以痛吻我们的，都是要我们回报以歌的；如果我们以痛报痛、以恨报恨，甚至无休止地复制、扩大那痛与恨，那我们可就蚀本了。她痛苦不堪地回复我说："可是老师，我真的是无歌可唱啊！"

是呢，世界不由分说地将那撕心裂肺的痛强加于我，我脆弱的生命，被“痛”的火舌舔舐得体无完肤了，连同我的喉咙——那歌声的通道——也即将被舔舐得焦煳了啊！这时候，你却隔岸观火般地要我“回报以歌”，我哪里有歌可唱？

回望来路，我不也有过许多“无歌可唱”的时刻吗？

我曾经是个不会消化痛苦的人。何止是不会消化，简直就是个痛苦的“放大器”。那一年，生活给了我一滴海水，我却以为整个海洋都被打翻了，于是，我的世界也被打翻了。我浑身战栗，却哭不出来，仿佛是，泪已让恨烘干；后来，生活又给了我一瓢海水，我哭了，却没有生出整个海洋被打翻的错觉；再后来，生活兜头泼过来一盆海水，我打了个寒战，转而告诉自己，这不过是一盆海水，再凶狂，也淹没不了岸；终于有一天，生活打翻了海洋给我看，我悲苦地承受着，却没有忘了从这悲苦中抬起头来，对惦念我的人说“我没事儿，真的”……

任何人，都不可能侥幸获得“痛吻”的豁免权。“痛吻”，是生活强行赠予我们的一件狰狞的礼物，要也得要，不要也得要。只是，当我站在今天的风中，回忆起那一滴被我解读成海洋的海水的时候，禁不住发出了哂笑。好为当年那个浑身战栗的自己难为情啊！如果可能，真想将自己送回岁月深处，让自己怡然倚在那个“一滴海水”事件上洒脱地唱上几首歌。

唱歌的心情是这样姗姗来迟。虽则滞后，但毕竟有来的理由啊；我更担忧的是，当“理由”被砍伐尽净的时候，我们的歌喉，将以怎样的方式颤动？

从不消化痛苦到消化痛苦，这一个比一个更深的悲戚足迹，记录一个人真正长大的过程。

世界以痛吻我，要我回报以歌。说这话的人是个被上帝亲吻过歌喉的伟大歌者。他以自己的灵魂歌唱。而拙于歌唱的我们，愿不愿意活在自己如歌的心情之中呢——不因“痛吻”的狰狞而贬抑了整个世界；学会将那个精神的自我送到一个更高的楼台上去俯瞰今天那个被负面事件包围了的自我；不虐待自我，始终对自我保持深度好感；相信歌声的力量，相信明快的音符里住着主宰明天的神；试着教自己说：拿出勇气去改变那能够改变的，拿出胸怀去接受那不能改变的，拿出智慧去区分这两者。

不仅仅是如歌的心情，我们甚至还可以奉上自己的“行为艺术”啊！永记儿时的一个夏天，我和妹妹外出突遇冰雹，我们慌忙学着别人的样子脱掉外衣，却不约而同地在对方头上遮挡……世界“痛吻”着太多的人，当你想到分担别人的痛苦的时候，你自己的痛苦就会神奇地减淡。

盼着自己能够说：世界以痛吻我，我要（而非“要我”）

回报以歌！

天气多好哇！连花儿都想唱歌了呀！真想问问远方那个说自己“无歌可唱”的女孩：宝贝，今天可有唱歌的心情？

拥抱大树

生长的骄矜原可以笑傲一切屈辱。

那一年，我被摆在一连串的灰色故事面前，狼狈不堪地充当着倒霉的主角，心情坏到了极点。朋友怜惜地看着形神俱损的我说："去西天目山拥抱大树吧！有份材料说，拥抱大树能够释放人体内的快乐激素呢！"

不指望这个方子能起效，但还是去了。

随山路转了几个弯，猛一抬头，"大树王国"赫然入眼！

好大的树！好美的树！苍翠，雄健，挺拔，奇迹般高入云端。我奔向最近的那棵古树，拥抱它，问候它，在心里悄悄对它说："谢谢你在这里站了1000年，耐心等我。"这句不曾说出口的话漫过心堤时，眼底竟有了涩涩的感觉。抬起手，触摸树干背阴面凉而腻的厚厚青苔，仿佛触摸前朝。

一棵棵千年古树殷勤地搭起凉棚，送我们沿古道往前走。耳畔传来一声声高亢的鸣唱，似银铃齐摇，又似孩童齐笑，而在这摇与笑中，还杂有一丝撒娇般的奇妙震颤，是我从未聆听过的稀罕声音。我问朋友："这是什么鸟在叫，叫得这么好听？"朋友笑着说："不是鸟，是天目山独有的一种蝉。前些日子，日本有家电视台到天目山来采集大自然的声音，一群人被这蝉声给迷坏了。"

是蝉鸣？我循着那高亢的鸣唱仰头望树，想，大概只有这样的树，才配栖止这样的蝉吧。

沿途所有能够亲近的大树，都被我一一拥抱过了，连同那被天剑剖腹却依然用巴掌大的丁点儿绿色顽强摘取阳光的"冲天树"，连同那因乾隆一句好奇的赞叹而终遭揭皮剜肉之祸的"大树王"。在拥抱大树的时候，我怨自己的手臂不具备藤蔓的柔长，我不能将任何一棵大树真正拥入怀中，我只是用意念环抱了它们。

在那棵 12000 岁的银杏树旁，我索性坐下了。我闭目冥想——当年的一颗种子飘然飞落于悬崖上的罅隙间，一番番冰侮雪欺，一番番雨骤风狂，那颗种子，怀抱着一个不死的愿望，从一茎青嫩的幼芽出发，一路唱着能将冰川烤化的歌谣，生长，生长，生长。一个又一个的世纪在眼前翻页，同行的伙伴纷纷凋谢了生命，只有这棵擅长消化痛苦的银杏，用葳蕤的音乐为自己伴奏，从容批阅尘世间纷至沓来的季节。一声蝉鸣被诠释为大地寄语，一滴甘露被解读为江河托梦。于是啊，一棵树，蔓延成了一片树，你用生命的无尽繁衍答谢岁月、酬和光阴——“五世同堂啊”，大家微笑着恭贺你，犹如恭贺家族中一位年高德劭的尊长。我看见，你分明做出了一个凌空欲飞的姿态，却又不真飞去，只遣自己的灵魂翱翔天际，唯其如此，你才能活成寓言，活成神祇。

我无法靠近这棵崇高的银杏，它栖身悬崖，谢绝了我的亲昵。那就请允许我完成一个虚拟的拥抱吧！我伸展双臂，怀中登时开满缤纷花朵……

“是不是为抱不到这棵大树而遗憾呢？”朋友笑着对我说，“据本人粗略统计，你今天已经拥抱了 32 棵大树——很可观了！”

噢，我可以甘心地往回走了。

来自一万年前的蝉声织成了一张绵密的大网，将我幸福地罩在其中。我郁结于心的痛苦，居然神奇地冰消瓦解了。

终于明白，哪里是我在拥抱大树，分明是大树在拥抱我啊！从远古踏歌而来的抚慰，这样虚幻，又这样真切。一片落叶轻拍我肩，竟逗落了我眼里大颗的泪滴。在被大树拥抱的瞬间，我听到了原先被我忽略的微弱心音。有一种昭示，来得这样婉曲；有一种救赎，来得这样彻底。我已然懂得，生长的骄矜原可以笑傲一切屈辱。

我来之前，大树已在那里；我走之后，大树仍将在那里。那 32 棵大树，会用年轮的唱片反复播放一段与拥抱有关的美妙乐曲吗？不管它会不会，反正我会。

福流啊福流

心无旁骛地做一件事，是上帝对一个人的奖赏。

美国芝加哥大学心理学家米哈里·契克森米哈在广泛、深入、持久研究了成功人士的高峰体验之后，提出了“flow”这个概念。

这个词语最初被翻译为“心流”，后来，清华大学心理系主任彭凯平先生将其翻译为“福流”。“福流”既是音译，又是意译，更是神译！

什么叫“福流”？福流是一种感觉，一种状态，一种体验。它是指当一个人沉浸于自我至爱的一种活动或事物中时，充实兴奋、浑然忘我、痴迷陶醉、意识不到时间流逝的一种“幸福的极致体验”，“它比性和巧克力更让人迷醉”。

在福流模型当中，二区是高技能、高挑战区，这个星球上的成功人士差不多都聚集在这个区；而六区则是低技能、低挑战区，那些活得又失败又窝囊的人差不多都聚集在这个区。

有个很有趣的故事不妨说给大家听：我学校一个烙大饼的临时工闹情绪，找我来发泄：“管理员对我不满意，主任对我不满意！我不干了……”我没等她说完就柔声对她说道：“可以呀。这个月还没到月底，不过我们可以给你整个月的工资。你明天就不必来上班了。”

天！她分明是个活在六区的人呀，怎么可以来跟我要二区人的脾气？须知，烙大饼的职业门槛太低，可替代性太高！我们食堂一律用电饼铛烙大饼，操作极其简便；而大饼嘛，按其口味分为甜饼、咸饼，按其口感分为发面饼、死面饼——复杂度也太低了！我们新招聘一个毫无相关职业背景的员工，五分钟即可成功入职。

福流不关乎物质，关乎精神。

欧阳修笔下的卖油翁以铜钱覆葫芦口，“酌油沥之”，“而钱不湿”，他在为康肃表演这手绝活儿时，内心一定福流澎湃。曹雪芹写《红楼梦》时，“举家食粥酒常赊”，但是，他沉湎其中，不能自拔，他内心一定福流澎湃。

我学校一个痴爱书法的老师，将“月”字连写了3000遍！——这事若放在一个被罚写的学生身上，他定然痛不欲生——对这位书法教师而言，写“月”的时候，他内心一定福流澎湃。

我弟弟也有一手绝活儿，将废旧摩托车翻新。当他埋头为那些破烂摩托车“美颜”的时候，他内心一定福流澎湃。

最有力的例子，大概就是日本那个“寿司之神”小野二郎了吧。他捏寿司时，翘着兰花指，一如梅兰芳演女角儿；在加工章鱼之前，他坚持为它做50分钟的按摩，为的是保持章鱼烹饪后的柔软；80岁的人了，他半夜还常常被一个个美妙的捏寿司创意惊醒，他几乎天天活在澎湃的福流里……

获得福流体验的人，工作的过程就已经是对其至高的奖赏了，至于工作完成后能够获得物质奖励，那其实是锦上添花的事了——问题是，人家本身已经是一块令人惊艳的锦了！

当一个孩子玩着最爱的游戏时，绝不会打蔫儿；当一个人跟最心爱的异性在一起时，绝不会打蔫儿。

打蔫儿，是“精神溜号”的表现。

专注即幸福。心无旁骛地做一件事，是上帝对一个人的奖赏。

唯有爱，才能使我们以初恋般的心情欣悦而长久地从事某项工作，才能使我们享受痛苦，才能使我们创意不断，才能使我们“持续贡献”。

用心观察你的孩子，发现他身上某种稳定而浓厚的兴趣，竭力让他的长板更长，让他吃上香甜的“长板饭”，这比你买一栋楼送给他更有意义。

第四辑

光阴偷不走的华年

在迢遥的未来，当朔风窃走了我的记忆，我或许能凭借一张叶脉别致的叶子，幸运地破解了岁月的密码。

光阴偷不走的华年

我每天就在这些琐屑的快乐中穿行。

听课的时候，我喜欢坐在教室前方一侧，面朝全体同学。先前，我们用的还是那种飘灰粉的老粉笔，老师擦黑板的时候，我往往会“沾光”，发上衣上落满“霜雪”，那我也不肯挪到后面去。我喜欢看学生听课的表情，喜欢看他们顿悟时眼里的光，也喜欢看他们犯傻时脸上的锈。最近一次听课，因为天热，我听课的班级大敞着前门，对面班级门边坐着的女生一抬眼，瞄见了我，朝我摆手，做“勾引”状，脸上的表情分明在说：“唉！咋不来我们班听课呀？”我佯嗔地皱眉，指指她班的讲课老师，示意她专心听讲。

考试的时候，我担任“主考”，胸前挂着个严肃的标识牌，穿了软底的鞋子，背了手，冷着脸巡视考场。当我路过一个考场时，门口坐着的一个男生看见了我，把手半藏在桌斗里，隐秘亲热地向我摆动，同时嘴上无声地说了句“老师好！”我忍不住笑起来——这是多么不适宜问好的场合呀，但是，他依然要克服重重困难向我问好。

出差回来，隔壁的老师告诉我说，有个女生找了我好多趟了，问她有什么事，她也不说。我问：“是不是眼睛会笑的那个小女孩？”她蒙了：“眼睛会笑？可我……没注意她眼睛会不会笑呀。”后来，女孩来了，恰是眼睛会笑的那一个。我说：“听说你找了我好几趟？”她说：“是啊是啊！我一下课就跑过来看看。您怎么出去这么久啊？”我说：“久吗？才三天啊！”她说：“如果您再不回来，就该过期了！”说着，把一直背着的一只手举到我面前：“鲜花饼！我妈妈去云南旅游带回来的！味道跟咱们学校博士园的鲜花一样一样的，我猜您一定喜欢吃！”我接过那个鲜花饼，小心翼翼地揭开印花油纸，当着女孩的面，吭哧就咬了一口。女孩欢呼着跑掉了。

我每天就在这些琐屑的快乐中穿行。我知道，就在我陶醉地咂摸这些“小确幸”的时候，有壮士登顶，有豪杰扬名，有巨贾签约，有新星陟升……而我，安静地守着一个个有温度的小故事，不怕被光阴偷走了华年，笑吟吟地听秋风吟诵：“渥然丹者为槁木，黟然黑者为星星。”

我不相信这些故事会风过了无痕，相反，我相信它们都具备着种子般的能量——落入心壤，萌蘖繁衍，生生不息。在迢遥的未来，当朔风窃走了我的记忆，我或许能凭借一张叶脉别致的叶子，幸运地破解了岁月的密码。

多年前，给一位老者留名，我写了“张立君”三个字。他览罢讶异地望向我，那意思很明显——咋写个假名诓我？我笑着解释说：“这是我身份证上的名字哦！”他拊掌笑道：“这个名字好！这个名字好啊！这是个好老师的名字——立君立君，培立君子啊！”我一直把老先生这番话看作是对我的策勉，不断提醒自己：我的名字里藏着一种看不见的力量和祝祷呢！命定了，我就应该在这菁菁校园里筑梦、圆梦，我就应该与一茬茬美妙的青春在此遇合、凝合。

我从不怀疑，拥有共同记忆的幸福，是幸福中的极品。当我们将自己的生命欣然揳入爱者的生命，我们的生命就有机缘借助爱者蓬勃、葳蕤、蔓延。

“老师，您还记得吗？那一次我们班有十几个同学都没有交作业，您把我叫出去，眼里含着泪水说：别人不交作业可以，你不交作业不可以！因为，你在我眼里跟他们不一样……现在，我发展得这么好，毫不夸张地说，全归功于您那一句‘你跟他们不一样’啊！”我在心里偷笑了一下，暗道：“宝贝，那是我的小伎俩呢！我跟所有没交作业的同学都说了这句话呀。”

是你喂养了我饥馑的青春

他们惊喜地迎来了我们，一如我们惊喜地迎向他们。

春节期间，我给大学时的老师从药汀先生打电话拜年。老先生热切地问我："你啥时候来石家庄啊？来了我一定请你大吃一顿——馆子由你挑！"我说："我去了石家庄一定联系您！不过呢，要由弟子请先生吃饭才是正理儿呢！"从先生认真地说："那可不行，得我请你！知道吗？我总想起你们在宣化念书的时候，多苦啊！上顿下顿吃高粱米饭窝窝头，'土豆一律不削皮儿，豆角一律不择筋儿，萝卜一律不洗泥儿'。跟你说啊，我一见着七七级、七八级的学生，冒出的第一个念头就是请他吃饭！那个年代欠了你们太多，就让我替那个年代还还账吧！"我鼻子一酸，说："先生那时候不也是跟我们一块儿吃食堂吗？弟子还想替那个年代还一还欠先生的账呢……”

1978 年，我考入了位于宣化的河北师范学院。那年我刚满 16 岁，是全中文系年龄最小的学生。开学那天，班里一个自谓“16 公岁”的男生公然对我说：“喂，丫头，叫叔！”——他女儿都上小学了，按辈分我可不是就该喊他“叔”嘛！那时，我们曾将自己的学校戏谑地呼作“河北吃饭学院”，因为师范生是可以享受国家伙食补贴的。四年间，我们的伙食费由 9 元涨到 13 元再涨到 17 元。那时大家都不时兴朝家里伸手要钱，国家给多少就吃多少。月初一拿到饭票，我往往忍不住纵宠一下自己，一顿敢买八毛钱的肉丸子吃，后面的日子可就得对胃袋说声“抱歉”了。我的邻铺王姝文大姐实在看不过我的“胡作非为”，硬是将我的饭票“抢”了过去，负责打理我的一日三餐。

晚上我们去阅览室读书，读到很晚，踏雪回来的时候，肚子就咕咕叫了。不远处却有浑厚的男声在吟诵：“雪满山中高士卧——”我们几个女生闻声放肆地齐声应和：“月明林下美人来。”那边的男生似乎稍稍愣了一下，接着便哈哈大笑起来。正被美诗抚慰着饥肠，不期然地，路过高年级女生宿舍时竟绝望地闻到了烤窝头的焦香！于是，几个人一起夸张地叹着气，大咽口水。

春来，班里几个稼穑高手在宿舍前后开垦了几块荒地，种上了芫荽、菠菜、黄豆、玉米。翠绿芳香的芫荽最是短命，打饭回来的人走到这里突然眼睛一亮，随手掐几茎，在水龙头下简单一冲，直接投进少盐没油的菜里提味儿去了；菠菜因不宜生吃而得以长大，但种菜人几乎是含泪控诉说：整畦的菠菜是在一夜间不知所终的；至于黄豆和玉米，差不多整个“文史村”（我们系所在的院落就是这么个颇具乡土气息的名字）的人都有资格证明它们的香甜可口，据说，有几棵幸运的黄豆，豆荚硬是奇迹般地长到了放暑假之前，最后，被一个稼穑高手郑重地摘下，作为礼物，隆重献给了我们一位单身的老教授。

河北师院是建造在宣化洋河南一片荒漠之上的低矮红砖建筑群，由鼎立的三个“村落”组成。在这三个村落之间，是矮树、庄稼和野草。野草中生长一种名唤“地皮”的类似木耳的菌子。为了讨得胃袋欢欣，雨后的清晨，我们三三两两地去野地里拣“地皮”，运气好的时候，能拣多半脸盆。回来反复用水洗，大概要洗十多遍的样子，再拿到锅炉房去用开水浇烫（还要设法避开烧锅炉的师傅，否则是逃不过一顿臭数落的）。熟了的地皮散发着清香，用盐、味精、少许香油一拌，是送窝头的佳肴。美味自然不忍独享，我们将“地皮”分送给老师和同学，大家一同在大地慷慨的施与中幸福地满足着。

再贫瘠的青春也有开花的权利。班里有一对儿男女率先好上了。女生名唤莲儿，每天，莲儿都要用电炉子给那个男生煮挂面吃。煮挂面就煮挂面吧，居然还要卧鸡蛋；卧鸡蛋就卧鸡蛋吧，居然还要卧俩鸡蛋！当莲儿在食堂门口手搭凉棚冲着迎面而来的一群面有菜色的男生中春光占尽的一位大喊“嗨——我给你煮好了挂面，还卧了俩鸡蛋”时，我敢说，那些菜色男生一定开始对她这别样的挑逗进行毒毒的腹诽。

大学时最意外的一顿牙祭是“鱼宴”。学校北边有一片水塘，某一天，班里一个男生被饿与馋激发出了灵感，竟然撅了根树枝做钓竿，随便系了截绳子，又用曲别针弯成了世间独一无二的钓钩，钩了半条蚯蚓，就哼着“我们的生活充满阳光”的调子到水塘垂钓去了。大家都以为他愚蠢可笑得可以，孰料，他很快就用钓上来的一条条大鱼证明了我们愚蠢可笑得可以。就这样，我们做梦一般吃了一顿香死人的“鱼宴”。于是，好多人受到了启发，呼啦啦跑到水塘那边去弄鱼。只是他们的招儿太绝，居然淘干了水塘的水，将鱼爷爷鱼孙子一锅煮着吃了。后来，我们在课堂上接触到“竭泽而渔”这个词时，老师意味深长地说：“就是你们在北边水塘做的那档子事儿……”所有的人都羞愧地低下了头——

弄鱼的人和没弄鱼的人。

有一回，教我们现代文学的一位教授在课堂上眉飞色舞地大讲他与“鲁郭茅、老巴曹”（即鲁迅、郭沫若、茅盾、老舍、巴金、曹禺）中的五人都交情甚笃，说他只要一见到其中的某某或某某，他们必定请他“呲一敦儿”（吃一顿），任他百般推辞，人家也要不由分说将他“劫持”到一个高级馆子里去，请他“呲一敦儿”……从这位可爱的老先生的课堂上走出来后，“呲一敦儿”成了我们挂在嘴边的话，这里面有神往，有分享，也有善意的揶揄。毕业 15 年之后，我辗转结识了一个在扬州教书的师妹。我寄了本自己的集子给她，她慌忙寄来了一大包扬州小吃，还打电话给我说：“师姐来扬州玩吧，我保证全程陪同！对了，还要请你‘呲一敦儿’！”我听罢哈哈大笑，惊问她：“怎么？你也知道‘呲一敦儿’的掌故？”她说：“那是咱中文系届届相传的经典故事嘛！师姐，我低你四届，刚好是你走我来。你知道吗？我们上大学的时候感觉特别压抑，就因为那些教授老在课堂上怀念你们啊！动不动就说‘人家七七级、七八级的学生那才是真正优秀呢！再也教不到那么好的学生喽！’——他们都爱死你们了！”

可不是吗，在“被罚”教了那么多年的“工农兵学员”

之后，他们惊喜地迎来了我们，一如我们惊喜地迎向他们，善言的嘴巴遇上善听的耳朵，这世界自然就生长出了青葱美好的故事。

在“文史村”，老师和学生共一个食堂。买饭的队伍里拥挤着萧望卿、公兰谷、朱泽吉等大牌教授。

萧望卿先生是闻一多和朱自清的学生，也是朱自清先生所带的最后一名研究生。喜欢听萧望卿先生讲闻一多的诗。喜欢听这位瘦小的清醇儒者用湖南普通话抑扬顿挫地朗诵：“……红烛啊！你流一滴泪，灰一分心。灰心流泪你的果，创造光明你的因。”总觉得这是萧望卿先生的画像，也觉得这是在洋河南那块贫瘠的土地上和我们一道吃一口窝头、吟一句美诗的老教授们的画像。百年校庆的时候，我回到已然搬迁到石家庄的母校，见到白发苍苍的萧望卿先生时，我调皮地模仿着他的语调朗诵起“红烛啊……”，他爽声大笑，拉着我的手说：“难得你还记得！难得你还记得！”

公兰谷教授在20世纪40年代初就读于重庆沙坪坝的国立中央大学，据说在读大学期间他迷恋上了一位后转入“中大”的女生，名叫陈琏。那陈琏生得极其美艳，公兰谷大胆地向陈琏写了求爱信。但是，他不知此时的陈琏已是名花有主。陈布雷的这位千金终是错过了大才子公兰谷。在意气风发的“公兰谷同学”成为老态龙钟的“公兰谷教授”之后，我坐在他的课堂里听他的讲义。他讲鲁迅，讲得几乎要把鲁迅“还阳”了。可谁能想到，他头天还在为我们讲课，第二天就突然撒手人寰了。帮忙料理后事的男同学们从他的宿舍里出来，眼睛红肿着说：“先生饭盆里还有剩下的高粱米饭呢……”

朱泽吉先生是研究明清文学的。朱先生博闻强识，可以大段大段背诵《红楼梦》。朱先生毕业于辅仁大学，是“辅仁的状元”。那时候，在我这个小女生眼里，大块头的朱先生是个派头十足的人物，而他的妻子则娇小美丽。听学长们讲，有一次朱先生带队实习归来，师母去宣化车站迎接，见面就高喊“泽吉、泽吉”，扑上去，拥抱，亲吻，一时间惊呆了只在电影上见过这激情场面的青年男女。天生一段“古典情结”的朱先生，却被迫扮演过许多不喜扮演的角色。“没有个性就是我的个性”，这句话是朱先生说的。无端地，总是从这句话中读出无边的悲凉。为做学问而生的朱先生却不幸错生在了一个不适宜做学问的年代，这是他的悲剧，也是他那一代人的悲剧。

饥馑的日子，饿瘦了青春；而丰厚的精神给养，却殷勤顾惜着刚刚苏醒的灵魂。

在离开我的高考考场 30 年之后的一个清晨，我正在与儿子共进精致的早餐，突然，早间新闻的播报员说到了粉碎“四人帮”后恢复高考的事儿，我一下子呆在了电视机前——1977 年，全国有 610 万考生报考，创下了中国乃至世界考试史之最；而执行了几十年计划经济、资源严重匮乏的中国，一时竟拿不出足够的纸张来印制考卷！中共中央做出决定：调用印刷《毛泽东选集》第五卷的纸张，先行印刷考生试卷……我的泪水怆然而下。儿子惊惶地问：“妈，你怎么了？”我自语般讷讷地说：“看啊，那时，饥馑的，除了我，我的老师，还有我的祖国啊！”

不要怪从药汀先生为什么会说“我一见着七七级、七八级的学生，冒出的第一个念头就是请他吃饭”，不要怪老教授们为什么会“爱死”了七七级、七八级的学生，作为“文革”后祖国收获的第一茬庄稼，我们饱满的籽粒是用自我与恩师共同积攒了十载的泪水与心血沃灌出来的啊！

“……红烛啊！你流一滴泪，灰一分心。灰心流泪你的果，创造光明你的因。”如今，吟诵这诗句的人远去了，大段大段背诵《红楼梦》的人远去了，就连那个自告奋勇为我打理一日三餐的亲爱的姝文也远去了。就在昨天，上“孔夫子旧书网”闲逛，居然跟公兰谷先生的《现代作品论集》撞了个满怀。激动万分地拨通了网页上提供的购书电话，开口就说：“我要买公兰谷先生的那本书——多少钱都行！”

接电话的女孩笑了，说："等等，我给你查一下——噢，定价是五角，连邮费，你给四元好了。"我听了真是悲喜交集——为先生这本书如此低廉的定价而悲，为先生这本书终于找到了一个好归宿而喜。我连声向女孩说"谢谢"，并说愿做永远的朋友，并说收到书后会马上回赠一本我的新书给她——我多么感激这场美丽的邂逅！"当时只道是寻常"，这话是纳兰容若说的。我想，说出这个句子和迷上这个句子的人，定然都已将"寻常"这两个字用织锦的心思日复一日抚弄盘玩出美丽的包浆了吧？

我教书。一站在讲台上，我就会不自觉地仿效自己的老师——仿效他们的语气，仿效他们的举止，甚至仿效他们的神情。当现实把我摆在一道道难题面前，我也会习惯性地从内心一个无比珍贵的位置上请出我的恩师，让他指引着我的灵魂勇毅作答。在物质极大丰富的今天，我要求从"河北吃饭学院"出来的自己能用妙手调制出滋养学生心性的"养心羹"，让今天的学生不要在肥胖了身体的同时饥馑了灵魂。

真传——真的是越来越喜欢这个词了。我愿我在宣化的四年得了先生们的真传，也愿我的弟子们能得了我的真传，就像我曾对我的母亲说过的那样："娘，我一照镜子，就看见了你的眉眼……"

那个写诗的女生

两边，是文学那常看常新的迷人风景。

我的母校河北师范学院建校100周年的时候，我应邀去参加校庆典礼。在攒动的人头中，我发现了恩师萧望卿先生。激动地奔过去，向先生鞠躬，然后拉住先生枯瘦的手，学着他的湖南普通话，模仿他课堂上的朗诵：“……红烛啊！你流一滴泪，灰一分心。灰心流泪你的果，创造光明你的因……”先生攥紧了我手，亲切地摇着：“背得好！背得好！你的名字，我是记不得了，但我记得，你是那个写诗的女生！”

——先生说得没错，我就是那个写诗的女生。

我说不清楚那颗“诗心”是打从何时进驻我的胸腔的，反正在很小很小的时候，我就对美丽的文字产生了浓厚的兴趣，甚而至于萌生出“写一本书”的宏愿。说来悲凉，我接触的第一部长篇小说是前后都缺了页的《林海雪原》。在读这部小说的时候，我成了少剑波队伍中的一员，披着白色斗篷，在茫茫雪野上飞驰。“203 首长”，我在心里也这样叫他。我执拗地认为，我对少剑波的尊崇敬慕不亚于白茹。那时最大的心愿就是能得到一本完整的《林海雪原》，以使我心中那个发生在雪乡的精彩故事不再残破。

那一年，我在一个叫“田村”的农村中学读初一，学校没有图书馆，师生人手一本的是“红宝书”。“根红苗正”的我，一度因自己喜欢上了“红宝书”以外的“闲书”而心生愧疚，甚至觉得这是一件丢人的事。

我读高二那年，“四人帮”被粉碎。在一所县中——深泽中学，我遇到了我的恩师崔惠民老师。毕业于北京大学的崔老师兼任着我们班语文、地理、政治三门课，而他的本行却是德语。崔老师颇欣赏我的文笔，每次讲评作文，他都会举起我的作文本，炫耀地在空中抖着，说：“你们看看人家张丽钧的作文，很有诗意！”

“诗意”，我多么在乎这个词啊！我必须承认这样的评价超出了我的预期。为了不辜负崔老师的期望，我便在作文中刻意追求“诗意”，期待着在下一次作文讲评时崔老师依然将这美好的评判语只吝啬地赏给我一个人。

清楚地记得我第一次“发表”文章的情形——在我班教

室外面的黑板上，我的一篇描写春景的文章被“登”出来了。每次从那块黑板前经过，我的心都被快乐填得满满的。私下揣想全校同学都认真阅读了那篇文章，且无不叹服作者不俗的文笔。

1978 年，恢复高考的第二年，16 岁的我考上了河北师范学院中文系。我庆幸自己选择了那样一所坐落在塞外荒漠中的学校。进入“文史村”（我们中文系与历史系所在的院子被我们亲切地称作“文史村”），我这条在沟渠的泥水中苦挣苦扎的鱼才真正游进了文学的大海。在“文史村”，我们天天吃高粱米饭、窝头，刚要抱怨，抬眼看到每天为我们讲“人间好课”的老师们神态安然地端着与我们别无二致的饭食，我们便慌忙将抱怨咽进了肚里。不苟言笑的公兰谷先生讲鲁迅，几乎要把鲁迅讲得“还阳”了；“辅仁的状元”朱泽吉先生派头十足，背诵起《红楼梦》来是那样的忘情忘我；萧望卿先生是闻一多和朱自清的学生，也是朱自清先生所带的最后一名研究生，这位瘦小的清醇儒者用湖南普通话讲他的恩师，讲到动情处泪湿青衫……多年之后，当我说“我是朱自清先生的再传弟子”时，心，一下子就回到了大学的课堂，回到了在阶梯教室里与恩师同哭同笑的日子。

在距离我们宿舍仅有一箭之遥的地方，是中文系的阅览室。在那里，我读到了卢新华的《伤痕》、刘心武的《班主任》以及顾城、北岛、舒婷的诗。我的那颗“诗心”被那些和着时代的脉动歌唱的文字沃灌得茁壮葱茏，而晚饭后去阅览室“抢座”的情景居然延伸到了十几年后的梦境当中。

就是在多雪的塞外，我开始了自己的诗歌创作。中文系举办诗歌朗诵会的时候，我拿着自己的原创诗作《小树林的情思》报了名。一位学长看到我的诗，连声叫好，他说：“要配乐朗诵才能出彩！”于是找来一摞磁带，一首一首地听，听完之后他认真地说：“都不行！”便又冒着漫天飞雪去音乐系找，终于找到了舒伯特美妙至极的《小夜曲》。那一次配乐诗朗诵之后，我成了中文系的名人。我想，在校庆典礼上，萧望卿老师握着我的手说“你是那个写诗的女生”也多半是源于此。

教我们写作的是一位姓马的老师。差不多从他第一次收我们的作文开始，我就竭力想讨得他的欢心。但是，我的文章并不被他看好。他欣赏带有沧桑感的文字，而我一个十几岁的小女生还没有获得上帝这方面的恩赐。1977 级有一个叫娟的学姐，颇得马老师青眼。据说，娟原是一名报社记者，属“老三届”。娟沧桑的，不只是文笔。当马老师把娟的文章拿到课堂上当范文读时，常在班里引发一片浩叹，那浩叹中自然有我。我们既叹学姐文笔的老到，又叹自己难望其项背……2004 年，我背着自己出版的两本书回到母校，在给马老师赠书时，我在扉页上恭恭敬敬地写了“一册作业”四个字。说起往日的种种，说到娟，马老师说：“娟早就不写作了。在我的学生当中，能把写作坚持这么多年的，一个是你，一个是刘家科。”

回望岁月深处那个写诗的女生，我为她感喟，也为她欣幸。她揣着一颗在那时看来那么不合时宜的“诗心”，踽踽跋涉在文化的荒野。她把“写一本书”的痴念埋藏得那么深，在“学工、学农、学军”的洪流中，她的那个痴念一次次面临被卷走的危险，但她小心翼翼地护卫着它，不让它沦为那个理性迷失时代的祭品。她从不祈求上苍指给她捷径，她明白，这个世界如果真有捷径，那么它就是最远的那条荆棘路。她勇毅地踏上了那条路。她感谢恩师赋予了她一双辨析赏鉴的明眸，这使她日后几乎凭靠着“本能”就可以很好地区分出文字的高下优劣。在最适于吸纳的日子里，那么多好书都来找她了，残破的《林海雪原》成了永远的过去时。她快乐地读书，快乐地写作，并且懂得提醒自己要抱紧正拥有着的这份快乐。她永怀一颗感恩的心，告诉自己：欣赏的眼光，是促我前行的；忽略的眼光，是催我奋进的。当她成为一名教师，她会不由自主地模仿着恩师的神态和语调讲课。她燃一炷心香，唯愿自己幸福领受的与虔心传递的是一缕风吹不散的香魂。

光阴荏苒，花开数度，当年那个写诗的女生依然怀揣着一颗“诗心”在岁月中行走，两边，是文学那常看常新的迷人风景。她想告诉每一个见证了她的成长与未曾见证她成长的有缘人——感谢文学，让我的少年梦浪漫，让我的青春梦丰腴，让我的人生梦完满。

生命中的两份手稿

后来者，永怀感佩。

1956年10月，旅居美国16载的郭永怀决定回国。

此时的他，已经是美国康奈尔大学航空院的三大支柱之一；他的抽身离去，必将给康奈尔大学造成极大损失。美国移民局找上门来，对其夫人李佩女士百般盘问。

面对重重阻挠，郭永怀做出了一个惊人的决定：在西尔斯院长为郭永怀举办的欢送野餐会上，郭永怀突然掏出了自己尚未发表的论文手稿，迎着众人讶异的目光，一页一页扔进了炭火堆。在场的老师、学生无不为之唏嘘叹惋。要知道，这颗罕见的聪慧大脑所留下的任何思考印迹，都值得恒久珍存。

当郭永怀夫妇登上“克里弗兰总统”号邮轮时，巧遇了也要回国的著名学者张文裕夫妇。曾经在郭宅纠缠不休的移民局人员气势汹汹地追到了船上，从张文裕夫妇所在的船舱里查抄走了一些他们认为不当带走的东西。直到这时，李佩女士才彻底明了，丈夫为什么要决然当众焚毁自己珍贵的手稿。

能够在“两弹一星”任何一个研究领域立足已经令人难望项背了，而郭永怀的研究成果居然覆盖了原子弹、导弹、人造卫星这三个领域！难怪美国对他不舍放手，难怪钱学森对他钦仰有加。

郭永怀争分夺秒地工作着。他曾经做过电影院、乒乓球赛场的逃兵。他舍不得将时光虚掷，他急着为祖国赚取荣誉。

1964 年春节，毛主席接见了部分中国科学家代表。接见现场，科学家们竞相与毛主席握手；只有郭永怀独自在人群后面憨憨地笑着，远远地感受着那热烈的气氛。

1968 年 10 月，郭永怀再次亲赴西北草原，进行中国第一颗热核弹头发射试验前的准备工作。到 12 月初，这项工作暂时告一段落。但是，12 月 4 日下午，郭永怀发现了一份重要的数据线索，当即决定回北京汇报。他打听到当天晚上有一架民航班机从兰州飞北京，就执意驱车前往兰州。临行前，同事们都说夜间飞行不安全，劝他次日再飞。郭永怀笑着说：“飞机快！我只要打一个盹就到北京了，第二天早上刚好汇报工作。”结果，五日凌晨，飞机在首都机场着陆时突然坠毁，一头扎进了附近的庄稼地里。13 具烧焦的尸体面目全非……

在这 13 具尸体中，有两具紧紧抱在一起的尸体引起了人们的格外注意。当人们费力地将两具焦尸分开时，一个公文包，从两人紧贴的胸部掉了下来——那包里装的，正是那份无比珍贵的热核导弹试验数据！焦黑难辨的尸体，完好无损的手稿。面对此情此景，所有前来接应的士兵当场跪地痛哭……两个紧紧抱在一起的人，一个是郭永怀，一个是他的警卫员牟方东。

消息传到国务院，周总理失声痛哭……22 天后，中国第一颗热核导弹试验获得成功。

郭永怀生命中的两份手稿都曾被烈焰召唤，但不同的是，一份是他为了痴爱而甘心焚毁，一份是他为了痴爱而甘心护卫。如果说前者是他周密计划后的勇毅之举，后者则是他在危急时刻的本能所为——生命即将化为乌有，但这个赤子与他的战友，硬是用瞬间加厚的血肉壁障为易燃的纸张上了“阻燃保险”。

郭永怀，永怀赤诚；后来者，永怀感佩。

盘扣子

她心中藏着一种尖锐的怕。

我在审视母亲走过的人生轨迹时，发现它是枣核儿形的——起初，母亲的世界在南旺村那个狭小的院子里；后来她的世界延伸到了晋州文化馆；再后来，她的世界竟然还曾延伸到了椰风海韵的湛江……然而，大约十年前，母亲的枣核开始悲凉地收拢，慢慢走向比先前那一端更逼仄的另一端。随着母亲的膝关节炎的加重，她的世界从县城，缩小到西关，再缩小到院落、房间……

母亲越来越离不开人了。有时候，弟弟弟妹出去片刻，她都会惊慌不已。她心中藏着一种尖锐的怕，就算她不说，我们也猜得透。

这次回家，我问母亲："妈，你可还记得怎样盘那种蒜疙瘩扣吗？"

母亲黯然道："记性越来越差，怕是早忘啦。"

我便找出事先备好的各色丝绳，递与她。

母亲背光坐着，喜爱地摩挲着那些丝绳，慢慢拈起一根，不太自信地将两头搭在一起，又慌张地扯开。

我鼓励她说："妈，你还记得我那件玫红色法兰绒的坎肩不？那不就是你盘的扣子吗？每年秋天我都要穿一穿它呢！我一直想跟你学盘扣子，一直也没学会……"

母亲听了，数落我道："手指头中间长着蹼呢——拙呀！"

我摊开手掌，装傻道："啊？蹼在哪儿呢？在哪儿呢？"

母亲仿佛在数落我中汲取了力量，脸上有了明快的自信，继而，这自信又传到了手上。终于，她兀自笑了一声，两只苍老的手笃定地动作起来。

犹如神助般地，母亲盘好了一个完美的扣子！

接着，我又贪婪地递上丝绳，央她再盘，央她教我盘。

母亲越盘越娴熟，那过硬的"童子功"毫不含糊地又回到了她的手上。

母亲是多么快活！她对来借簸箕的邻居大声说："这不，我家大闺女稀罕我盘的蒜疙瘩扣，非让我给她盘！你看看，都盘了这么多了！"

我毫不吝惜地赞美母亲的作品，毫不掩饰地表达想要更多扣子的愿望。母亲则因为帮我做了我无力做成的事而开心了整整一天。

我悄悄跟自己说："母亲那尖尖的枣核儿能吸附些微的快乐，该有多么不易！所以，在母亲有生之年，我不能学会盘扣子，绝不能……"

内生活

岁月无情，因为岁月多情。

“内生活”，是茅盾的散文名篇《风景谈》中的一个短语。第一次讲这篇课文的时候，我刚满 20 岁。或许是因为“内生活”这个词太简单易懂了，课本上未作注释，预习的时候也没有任何学生朝我问起它。可说实在的，讲课时，我着实对着这个词发了半天愣。我惶惑地自问：究竟什么是“内生活”呢？

隔着上万个日子，我回望这个词；似乎，这个词也在回望我。我听见它说：今天，你懂我了吗？

这么多年，我一直试图充盈自己的“内生活”。

我小心提防着“物质”对我的侵蚀——走过鞋店，那么多漂亮的新款鞋子向我招手，钱袋中的钱币也蠢蠢欲动，但我严格遵守着与自己的约定：不扔掉一双旧鞋，绝不能买新鞋。

我小心提防着“娱乐”对我的侵蚀——我不允许自己触摸麻将牌，不允许自己坦然坐在电视机前一集接一集地看肥皂剧。

我小心提防着“怠惰”对我的侵蚀——忙得不可开交了，也要硬着头皮答应开辟一个新专栏，在手机的日历中记下“交作业”的最后期限，不吃不喝不睡觉也要把稿子赶出来。

我小心提防着“麻木”对我的侵蚀——当我将自己摆在盛开的花朵面前，我以不惊奇、不欢呼为耻辱，总是梦想着能像陆放翁那样，78 岁了，还能在一树树梅花面前迷醉痴狂。

…………

然而，这样做，我就有资格说自己是一个“内生活”充实的人了吗？

当张朝阳自我关了一年多“禁闭”重新露面之后，他说：“我什么都有，但居然这么痛苦。”他曾经在《对话》节目中真诚地向美国 SUN 公司总裁发问：“您觉得人生的价值与意义何在？人为什么活着？”总裁是这样回答的：“每当夜深人静，我心底总有一种恐慌与不安，我不敢追问自己活着的目的与意义，我总是用无休止的忙碌刻意使自己忽略这个直逼心底的叩问。”这两个众人眼中“成功者”的对话，惊呆了现场的每一个人。有网友评判道：大人物也撒娇，忒矫情！我不这么看。我觉得这是两个渴望过上优质“内生活”的人的灵魂对讲。他们的财富那么真实，他们的痛苦那么真实。他们都试图为“活着”找到更充分的理由。他们万分焦灼地为自己的皮囊寻觅着一个支点。

我问自己：我提防着那么多可提防的，但我活得欣悦澄澈了吗？

为什么一听张朝阳说“痛苦”我就心有戚戚？为什么一听到别人抱怨生活我就忍不住跟着唉声叹气？为什么我心中总淤塞着驱不散的孤寂落寞？为什么奔波劳碌了一整天后我依然夜不成寐……我的“内生活美好度”究竟有多高？

老子说：“天地不仁，以万物为刍狗。”想透这句话，整个人都凋残委顿了……大概六年前，在一次即兴发言中，我自以为恰切地引用了这句话。落座后，我的老师有一个总结发言，他没有推翻我的观点，只说：“天地不仁，方为大仁。”我一惊，羞愧地低下了头。

到石家庄出差，注意到一个小饭店的名字，居然叫“要有光”。我笑了，想，把这个短语借用到这里，真逗。其实，每个人心脏的部位才真该书写上这样三个字——“要有光”！否则，白昼也是黑夜，自由也是禁闭。

“有光”就是摒弃私欲、摒弃虚荣、摒弃烦恼；“有光”就是心系他人、心系明朝、心系天地。

算来，人生仅有900个月。900个月，哪能腾出宝贵的时间去悲鸣、去厌倦、去颓废？人啊，每天都要逼着自己想一想——让这900个月开出怎样的花朵，才算不枉此生？

是呢，岁月无情，因为岁月多情。

吾儿职场守则 21 条

操心，是爱的同义语。

我儿子有一份很不错的工作，存在感、成就感也颇强。但是，身为母亲，我依然不能对他完全放心。有时候看到自己身边的同事出现这样那样的职场问题，我马上就会想：我儿子会不会也有同样的问题呢？自打这个孩子出生，我就一直在盼着“省心”日子的到来——孩子不会走的时候，我就想：待他会走了我就省心了，待他真的会走了，却感觉更不省心了；孩子没上小学的时候，我就想：待他上了小学我就省心了，待他真的上了小学，却感觉更不省心了。一直到后来他读中学、读大学、读研究生、读博士、进入职场，我都有类似的体会——总以为下一站就叫“省心站”，结果，“省心站”至今都没有迎来。终于明白，母亲，就是个无法省心的角色，活到老，操心到老。

操心，是爱的同义语。这世界上有两个人，我对其除了爱还是爱——生我的人和我生的人。只要有“许愿”的机会（例如在生日烛光前），我一定会在心里默默为这两个人祝祷，祝母亲健康，祝儿子优秀。

我跟儿子讲过这样一件事——在与我校老教师进行退休前谈话的时候，我有个惊人的发现：每个人都无限留恋自己的职业生涯！他们当中，有的是习惯性迟到早退的，有的是收获过一茬茬学生“差评”的，有的甚至曾经装病不上班，但是在挥别那个职场上的自己的时候，他们难过了，流泪了。他们不愿意带着憾恨离开，但却永远丧失了修正的机缘。单位，或许是个让人生厌、让人诅咒的地方，我们可以不重样地骂它一千句、一万句，但是，一个叫“我”的东西就活生生地戳在单位里，在一种宿命般的捆绑中，我们必须找到与它诗意共处的理由，因为你最美丽的一段生命历程就熔铸在单位里。我们的学校简称为“开一”，我们有句口号叫“开一美好，其中有我”。当然，如果你想跟这口号较劲，你完全可以把它改成“开一垃圾，其中有我”，甚至“开一毁灭，其中有我”。

遥望过一次儿子供职的公司，我在心里对它说：“拜托你善待我的儿子哦！”我明白，这句话应该有个前提，那就是，我要保证交给你一个值得“善待”的孩子。因为太在乎孩子的生存质量，因为太希望他在职场不留、少留憾恨，因为太愿意让他活成值得他自己崇拜的人，我为他写了“吾儿职场守则 21 条”——

1. 早晨不去公司刷牙、洗脸、大便。

2. 永远在被人提醒“头发该理了”之前理发。

3. 宁可穿破，不可穿错。

4. 出了家门就绝不趿拉着鞋子走路。

5. 与人谈话时毅然按掉任何人的手机来电（让眼前这个人觉得比天边那个人重要）。

6. 电脑桌面与办公室桌面要时常清理。

7. 与人吃饭，抢着买单。

8. 与上级对话口气不软，与下级对话口气不硬。

9. 不在背后说任何人的坏话。

10. 如果觉得上司做错了，先拿出建设性的意见再开口，否则就闭嘴。

11. 永远不要带着怨气向上司要名要利。

12. 上司也需要朋友，不要巴结，但要贴心。

13. 对神一样的对手要真心服气，对猪一样的队友要真心援助。

14. 做一个会“偷师学艺”的有心人。

15. 永远不要把“赚钱”当成最高追求。你若太爱钱，钱就不爱你。

16. 被人嫉妒说明你还没有超他太多，要知道，土丘不会嫉妒珠峰。

17. 一吃亏，就偷笑。你姥姥讲话：明里人亏欠，暗中天偿还。

18. 比攒钱更重要的是：攒本事、攒人气、攒健康。

19. 凡是值得一做的事，不问结果，全力去做。

20. 别人吃一堑，自己长一智。

21. 拖拉就是弱智。

有趣的是，当有个同事得知我写给儿子的这“21 条”之后，便央我转发给她。我笑问：“你儿子才十岁，你要这个干吗？”她答：“我要转发给我老公。”

三十已死，八十才埋

你要到他们的反面去生活啊！

我早年教过的一个学生，最近调动了工作。他专程跑到学校来找我，一见面就向我大吐苦水。

他说："老师，我现在每天都在挨日子，活得太痛苦了！简直生不如死啊……我办公室除我之外还有四个人。两个月下来，我发现，我跟他们不是一伙儿的……"

我说："如果只有一两个人谈不来，可能是对方的问题，但你要是跟全办公室的人都谈不来，那很可能就是你的问题了。"

他说："是啊！我也担心是我自己出了问题，这才跑来向您求教。"

他接着说："我们办公室那两男两女，一个比一个奇葩！先说那俩男的，一个是马屁精，跟哪个领导一起吃了顿饭，要回味一个星期！还有一个爱好，绘声绘色地描绘领导家的猫，以显示他常去领导家。另一个呢，根本不琢磨正事儿！坐在旮旯儿里，电脑后盖冲着大家，整天鬼鬼祟祟，不是打游戏就是看 A 片！

“再说那俩女的，表面上好得跟一个人儿似的，一转脸就开始互撕——你说我的衣服实价比自吹价低得多，我说你明明知道老公在外面有人却觍着脸秀恩爱；你说我去孩子学校撒了一顿泼，我说你在商店买了条裙子穿腻了又跑回去退货……

老师，我总琢磨，这四个人年龄挺相当的，都是三十多岁，他们真的特别适合组成两个家庭，那精神长相，简直跟照镜子一样啊！”

我说：“职场人需要面对的最大问题，不是遇到了怎样的上司，而是遇到了怎样的同屋。看来，你中大奖了，遇到了四个猪一样的同屋！

“搞对象可以挑挑拣拣，就算结婚了，过不了还可以离婚呢，可是，职场同屋的黏合度比婚姻还要高！遇到几个三观跟你截然不同的家伙，确实令人抓狂。

“老师能跟你分享的职场经验就是，有些同事，就算你跟他们厮守的时间超过了你跟配偶厮守的时间，但，永远不要指望彼此成为好朋友！

“命运将你们撮合到同一个屋檐下，大家对彼此的为人都心知肚明，你们是两条平行线，永远没有交叉的可能。

“我很欣慰，你跟他们确实不是一伙儿的！你有梦想、有才华，写一手漂亮文章。你知道吗，你刚才所描述的那四个人，在体制内一抓一大把！这些人被‘皇粮’偷走了志气和锐气，才三十多岁，就拒绝成长了。‘30 岁已死，80 岁才埋’说的不就是他们吗？

“他们把大好年华浪费在逢迎上司、愉悦感官、明争暗斗、鸡零狗碎上。他们混日子，日子也混他们。他们用自己的实际行动，为‘饮食男女’做出了再恰切不过的解释。

“我认为，在办公室，你应该拿捏的分寸是：不妄求、不翻脸、不合污——不妄求跟他们处成挚友，不因为三观不同而跟他们翻脸，不与你瞧不上的人同流合污。

“建议你到办公室外去寻找与自己‘灵魂尺码’相近的人，或者通过读书，到远方、到古代去寻找自己的‘精神血亲’，这样，你就不至于如置身孤岛般孤苦焦虑了。另外，眼皮底下就杵着几个你鄙视的人，特别便于你时刻警醒自己：我要到他们的反面去生活啊！我衷心希望有那么一天，你垂垂老矣，儿孙绕膝，你得意地跟你的小孙子炫耀：当年，爷爷我周围的人一个个都被光阴活埋了，只有爷爷我，杀出重围，悲壮地活出了跟那些人大不一样的人生……”

绽放或凋萎的理由

一个被怜惜的缺点，可以升华为傲视群芳的旖旎。

在玩具柜台前，我看到一对母女在挑选布娃娃。“要一个有我这样的头发的。”梳有髽髻的女孩儿天真地跟售货员说。售货员拿起一个金发碧眼的布娃娃递给母亲，说：“这种娃娃卖得最快——瞧，眼睛还会眨巴呢。”母亲欣赏地把娃娃捧在手上，说：“开票吧。”这时候，女孩儿抗议地叫起来：“我不要这个娃娃，我要黑头发的娃娃。”售货员带几分鄙夷的语气对女孩儿说：“我们这里早就不卖那种土里土气的娃娃了——黄头发的娃娃多好看。”母亲赶忙迎合着售货员说：“没错没错，还是黄头发的娃娃好看。小孩子懂什么？您给开票吧。”我不想看那梳髽髻的女孩儿绝望的眼神，便埋着头匆匆走开了。

“芭比”。我想到了美国亨德勒夫妇奉献给全世界孩子的美丽天使。每天每天，那家生产“芭比”娃娃的美泰玩具公司都会接到难以数计的订单，员工们必须严格按照订单上的要求制作出各不相同的娃娃。这些娃娃大都是以 1∶1 的尺寸给孩子们造的另一个自己。拥有了这种特制娃娃的孩子可以随意宠爱自己、设计自己，可以把自己紧紧抱起，也可以将自己高高举起。据说，有一对夫妇在拿到自己女儿的复制品后很不满意，便向美泰提出了返工的要求。美泰真诚地向这对夫妇赔礼道歉，并无偿给他们重做了一个无可挑剔的娃娃。其实，那对夫妇所挑剔的地方仅仅是娃娃的眼睛，他们亲爱的女儿一只眼睛大一只眼睛小，可美泰做出的却是有两只大眼睛的娃娃。“这怎么能行呢？我们要的是一个原版的女儿，不是修正版的女儿。”夫妇俩振振有词地说。

我想，每一阵风都可能成为花朵绽放或凋萎的理由。一个不经意的否定，可以击毙生命初始的尊严；一个被怜惜的缺点，可以升华为傲视群芳的旖旎。让我们的孩子尝到灵魂受宠的滋味吧——记住，只有我们的目光里含钙，孩子的身上才能长出傲骨。

在大地上我们只活一生

飞起，是为了俯瞰大地；降落，是为了拥抱大地。

抱着他的书，飞上万米高空。

第一次这么系统地读他。读一个“被一块黄金（文学）绊倒在贫穷中”的人。当我意外发现在云朵之上读他有一种强烈的象征意义时，我开始争分夺秒地读他，我要在重新踏上他所挚爱的大地之前，从他那里获取最多的心灵启迪。

苇岸——一个发誓要与大地荣辱与共的赤子，一个来不及将二十四节气从“立春”爱到“大寒”的“最后的浪漫主义者”。

就像一个刚刚睁开眼睛打量世界的婴孩，他把大地上的万物看出了那么浓郁的诗意。春天，他眼中的麦苗是婴儿般的，柳芽是鸟舌状的，杨树的花蕾仿佛幼鹿初萌的角，连片的青草似报纸的头条，整个田野像太阳照看下的幼儿园。万物在他眼中都罩上了一层柔美光泽。正因为如此，他深情地号召人们：只要你尚有一颗未因年龄增长而泯灭的承受启示的心，你就应当经常到大自然中走走。

他自己率先垂范——这个自觉将自己时刻接“地气”的作家啊！他走到任何一片喧嚣了亿万年的土地，只要那里用宁静迓迎他，他就会天真地以为那里是一个尚未启用的世界。清澈的心，接纳了清澈的风景。他孩子般地告诫自己，无论什么时候来到河流旁，即使深怀苦楚，也要微笑，托河流将自己的善意与祝福带到远方，使下游的人们在水中惊喜地发现这一份不同寻常的礼物，因而对上游充满美好的憧憬与遐想。读到这些文字时，眼睛有些酸涩，瞟一眼舷窗之外，恰有一条缎带般的河流飘过，不由得痴痴地想，当年苇岸君纯洁的微笑可曾感染过这条河？如果是，我愿用灵异的目光拾起其中某一片微笑，夹进手头这本灿烂的书中，充当只我一人能辨识的书签。

听到鸟鸣，他会用 20 倍的望远镜搜寻，直到发现那忘情歌唱的精灵；他观察麻雀的步态，发现警觉时它蹦跳着走，而放松时则迈步前行；1991 年元旦，他在旷野上偶遇了迁徙的鸟群，竟高兴得像个孩子，声称自己是得了神助的人；望着越江而过的一只轻盈的鸟，他会很自卑；他赞美燕子间涌动的融融亲情——任何一只出巢的雏燕，在野外都会受到陌生成燕的悉心照顾；他购买了《中国鸟类图谱》，兴致勃勃地辨认旅鸟和漂鸟，辨别鸣啭和叙鸣；他不喜欢人们将那些捕鸟人用以诱骗同类上当的鸟叫作鸟奸，他愤怒地指出：人类制造的任何词语，都仅在他自己身上适用。

这个大自然傻傻的儿子啊！当他带着相机走进爱不够的田野，为了使一只偶遇的野兔免受惊吓，他居然模仿一截木头，一动不动地戳在那里，直到野兔消失在视野之内，才责怪自己忘记了为它拍照；当他看到一只蚂蚁衔着一具蚜虫尸体赶路，他会淘气地打劫蚂蚁的猎物，然后观察它怎样不懈地找寻，直到重新衔起那猎物，庄严地走远；他书房的窗外被胡蜂霸道地筑了一个巢，他非但不恼，反而欢天喜地地把那片领地拱手让给了胡蜂，他要清晰地目睹胡蜂辉煌灿烂的一生，他用皮尺量蜂巢的大小，当他看到辛苦了一天的胡蜂累得精疲力竭也舍不得取食珍贵的蜂蜜时，他就将自己喝的蜂蜜小心翼翼地献给它们，他详细描写了一只胡蜂取水的过程：它口衔的水珠，晶莹耀眼。它上升，降下，一刻不停地往返于巢与楼下雨后的水洼之间。过度的辛劳，使它负重上来时，有时不得不落在巢下的窗上，然后再爬行完成它的工作。这个感人的情景，使我猛然想到一件我早应为它们做的事情。我拿来一个盘子，盛上水，放在外面的窗台上。但直到傍晚，没有一只取水的蜜蜂，走这个捷径。

让我感到万分讶异的是，他明确表示不喜欢《红楼梦》。他不能容忍一个“伟大作家”写尽“聪明、智慧、美景、意境、技艺、个人恩怨、明哲保身等”，唯独不见他应有的“与万物荣辱与共的灵魂”。他喜欢梭罗，说他自己与梭罗的文字具有一种血缘性的亲和与呼应。这两个深情亲吻着大地母亲的孩子都深深以为：我们居住的这个充满新奇的世界与其说是与人便利，不如说是令人叹绝，它的动人之处远多于它的实用之处；人们应当欣赏它、赞美它，而不是去使用它。

是呢！我们的修炼，不应是让自己变得更聪明、更善于索取，而应是让自己变得更美好、更善于发现和给予。

苇岸君是一只住在二十四节气中的苇莺。这只善于鸣唱的快乐而又略带忧郁的水鸟，总是生出与常人迥异的心思——他要为二十四节气造像！他选中了每一节气的上午九点，在他居住的小区东部田野的一个固定位置，对同一个景点拍摄一张照片，还要为这照片配上绝美的文字。不承想，这想法太美丽，遭了天妒。拍到“霜降”时，他的相机就被命运彻底没收。六个没福气的节气，永在《一九九八廿四节气》之外痛苦徘徊。

39 岁，正是思想的谷穗深情垂向大地的年龄，但他却要和泪挥别他爱彻骨髓的大地了。

他的临终遗嘱是那样独特。他请求友人，在向大地抛撒骨灰时，为他朗诵他酷爱的法国诗人雅姆的一首诗，诗的题目是《为他人的幸福而祈祷》——

天主啊，既然世界这么好地做着自己的事情
既然集市上膝头沉沉的老马
和垂着脑袋的牛群温柔地走着
祝福乡村和它的全体居民吧
……
既然我的心，鼓溅着如花串
想迸发出爱和充盈痛苦
如果这是有益的，我的天主，让我的心痛苦吧
把我未能拥有的幸福给予大家吧
愿喁喁倾谈的恋人们
在马车、牲口和叫卖的嘈杂声中
互相亲吻，腰贴着腰
……
天主啊，忽略我吧

当被提醒我还不曾用餐的时候，我正淌着热泪。

飞机下降了。云朵投在大地上的片片暗影，细腻地勾勒出了天上云朵各异的形状。我朝着一片暗影投掷自己的心，殷殷告诫它，着陆后，要学着向大地万物问好，学着在暗处让自己的心情灿烂。做一只与大地息息相关的“地面鸟”——飞起，是为了俯瞰大地；降落，是为了拥抱大地。记得时常重温被苇岸君赏爱不已的叶赛宁的诗——

在大地上我们只活一生。

感恩是门必修课

感恩的过程就是心灵提纯的过程。

第一次听欧阳菲菲唱那首《感恩的心》，是在热闹的大街上。在那动人的歌词和旋律面前，我不由得停下了脚步——

我来自偶然，像一颗尘土，有谁看出我的脆弱？我来自何方？我情归何处？谁在下一刻呼唤我？天地虽宽，这条路却难走，我看遍这人间坎坷辛苦。我还有多少爱？我还有多少泪？要苍天知道我不认输！感恩的心，感谢有你，伴我一生，让我有勇气做我自己。感恩的心，感谢命运，花开花落，我一样会珍惜。

不知为什么，就特别喜欢这首歌，仿佛那是从我心窝里掏出来的句子和调子。在这不期然的相遇面前，我感慨良久。

后来，我所在的学校和本市聋哑学校结成了友好学校。我们的学生和那些聋哑学生一起学会了《感恩的心》的手语表达。当我看到那些听不见旋律、唱不出歌词的孩子动情地和我的学生们一起用手语演唱《感恩的心》的时候，我和台下的观众都禁不住泪流满面。在我们这些健全的人看来，那些孩子最应该诅咒命运的不公，因为瞎了眼的命运女神残忍地把他们打入了一个死寂的世界。但是，他们非但没有诅咒，还怀着一颗可贵的感恩之心。看到他们面带微笑地打出“感恩的心”这句手语，我为自己心底隐藏着的怨尤与懊恼感到羞耻。

懂得感恩的人是幸福的人。

感恩，应该成为我们的一门必修功课。

让人遗憾的是，太多的人没有修好这门功课。幸福的生活，把我们娇宠成了“豌豆上的公主”——爱是那一层又一层的柔软褥垫，但是，仅仅是最下层那一颗小小的豌豆粒，就惹得睡在上面的“公主”抱怨不已、叫苦不迭。被生活亏待的人，莫过于那些身体有残障的人，可就连他们都可以带着灿烂的笑用手语演唱《感恩的心》，那我们这些健全的人，还有什么理由不由衷地向生活致谢呢?

“天恩浩荡”，我喜欢把这个“天”字理解成造就了我们、滋养了我们的一切爱与美。乳香与麦香，花香与茶香，墨香与书香……这些香殷勤地熏香了我们的生命，使我们越来越健壮也越来越温文，越来越丰富也越来越美丽，难道，我们不应该向这慷慨的赐予深深感恩吗？

集盲聋哑于一身的海伦·凯勒曾经问一个从森林里归来的人：你在森林里看到了什么？那个人沮丧地耸耸肩说：森林里有什么好看的？海伦对他的这个回答感到非常意外和遗憾，因为在她看来，那人白白地拥有了一双明亮的眼睛和一双灵敏的耳朵。森林里有那么斑斓的色彩，他却视而不见；森林里有那么动听的鸟语虫鸣，他却充耳不闻。他可怜的心灵失明了、失聪了，所以他才做出了那样令人遗憾的回答。有时候，我们也会犯类似的错误啊！面对自然的秀色，面对亲友的温情，我们常会患上一种叫作“麻木”的疾病，因为可以日日坐享，便不再将珍奇视为珍奇。每天，我们住在爱里却浑然不觉，把一切幸福的拥有理解成了理所应得。对爱麻木的心，最容易被怨恨蛀蚀，而充满了怨恨的人生往往是与成功无缘的。

想想看，我们赤身来到这个世界上，是什么让我们成了现在的自己？巴金说过这样一句话：我们不是单靠吃米活着。他说得多好！我想说，我们其实是啄饮着“爱”长大的啊！仅仅懂得被动地领受爱，证明你还远未长大；能够被这爱深深感动，证明你已摆脱了那个幼稚的自我；而把这爱理解为一种伟大的赐予，并努力去回报这爱，证明你已走向了真正的成熟。

所以，我愿意给我深爱的人们一个提醒：请认真学好“感恩”这门必修课，因为感恩的过程就是心灵提纯的过程。懂得感恩，你就能拥有幸福，并让爱你的人感到幸福；懂得感恩，你就能成为一个受欢迎的人，“机会”就愿意与你牵手；懂得感恩，你就能“有勇气做我自己”，你的生命之树就容易结出成功的果实。

愿你和我一样爱上那首《感恩的心》，不管心空是阴是晴，让我们一起轻轻地唱：感恩的心，感谢命运，花开花落，我一样会珍惜。

生命岂能定价

在金钱面前，太多的灵魂陡然失重。

哈佛大学迈克尔·桑德尔教授在一堂名为“给生命标价”的课上为他的学生们展示了一份“不愉快经历清单”。这份诞生于20世纪30年代的清单所列出的问题是这样的

给你多少钱，你才愿意接受如下的经历：

1. 拔掉一颗上门牙。

2. 切断一个小脚趾。

3. 吃下一条六英寸的活蚯蚓。

4. 余生都在堪萨斯州的一个农场度过（当时美国经济大萧条，且堪萨斯州土地荒漠化严重）。

5. 徒手扼死一只流浪猫。

问卷调查结果很快就出来了。人们对补偿金的心理预期最高的是去堪萨斯州（30 万美元），最低的是拔门牙（4500 美元）。

调查者很满意，因为这个调查结果可以为一种理论提供强有力的支撑。该理论认为：功利主义的假设是可能的，也就是说，人类所关注的所有物质以及非物质的对象，都可以转换为一个统一的度量。换言之，钱，可以给所有东西标价。

迈克尔·桑德尔教授又给大家展示了一个案例。福特汽车公司曾推出过一款小型车，由于油箱装在尾部，所以，一旦发生追尾，汽车极容易爆炸。福特汽车公司早就知道了这个设计缺陷的存在，还曾通过一个“成本效益分析”来决定是否值得装上一面特殊的安全隔板。分析结果显示，安装安全隔板在经济上是不划算的，因此，福特汽车公司“明智”地放弃了安全隔板计划……在谈及因车辆爆炸应赔付给死者的金额时，大家围绕“20 万美元”这个数字展开了讨论。有人说，20 万太少了，应该追加；有人说，200 万吧。一个叫朱莉的女孩站了起来，美丽的脸上写满忧郁，她说：“我无法给出数目，因为人的生命是不能用金钱衡量的，生命压根儿就不该定价。”

我喜欢朱莉的这个回答。

功利主义的计算，可以为生命以及生命的“部件”都做出明晰的标价。然而，在我看来，在倨傲的金钱那里，为生命标价的人和被标价的生命，都已无可幸免地蒙羞。

在开滦博物馆，我看到了一段让我惊心动魄的文字——新中国成立前，煤矿工人失去一根手指所得到的赔付“等于一碗豆浆两根油条的早点钱”。生命的“部件”如此廉价，生命的尊严自然无从谈起。但是，如果失去一根手指的“定价”增长到数千乃至数万美元，生命的尊严就由此获得了吗？

“量化”，这似乎是个“公正含金量”很高的词，但是，一旦我们试图“量化生命价值”，我们就犯了致命错误。生命是用来创造价值的，而一个生命究竟可以创造几多外显价值与内隐价值，这永远是不可以预测的；即便生命创造的价值寥寥，每一个个体生命对生活丰富细腻、完满无憾的体验过程也是值得万分珍视的。

降生人间，我们都会身不由己加入一个长跑队伍。有时，我们甚至来不及问清楚，前面那个领跑者，究竟是金钱，还是道德？懵懂中，我们被裹挟、被同化、被一个个狡黠的误导引入思维的误区。在尼泊尔的蓝毗尼，几个聪明的中国人指着成片的大树为当地人出主意说：砍掉它们，可以换来大把大把的卢比——这些经验丰富的致富高手，企图在诞生了博大思想的圣地为守着丰富资源过穷日子的人们指点迷津……

精神的极度匮乏，让蒙昧的目光只懂得聚焦金钱。在金钱面前，太多的灵魂陡然失重。

“金钱法则”的大行其道，使我们听到了“我打你50万块钱的”这样的血腥恫吓。所幸，我们也听到了“道德法则”支配下的朱莉那无比美妙的回答。这使我越发热爱刻在康德墓碑上的铭文：“有两样东西，我们愈是持久地思考它们，对它们历久弥新的魅力以及崇敬之情就愈加充盈着心灵——头顶的星空和心中的道德法则。”

第五辑

幸好迎来了你

让青春遇上挚友，让情爱遇上佳侣，让智慧遇上良师。

让每一颗草莓都远离寂寥和怨怼，

让她说：『我爱过，也被爱过；我美丽过，也被欣赏过。』

幸好迎来了你

越来越远离那个“无一语不可告人”的自己了。

仅有25分钟的可自由支配时间。我问自己，我去哪里？嘴上还没给出答案，脚步却已将我往烟雨湖的方向带了。

这是一个小巧的人工湖。翠山的影子跌进水里，湖周围是木栈道，木栈道的两旁生满了各种亲水植物。我围湖散步，在心里叫着认识的植物的名字，向它们亲切问好；然后对那些不认识的植物说：“喂，干吗把名字藏得那么深？”

即使闭着眼睛，我也知道自己走到哪里了——西北方向的植物略带甜腥的味道，似乎是那种叫“千屈菜”的植物制造的；再往前走，到了西南角，那里的植物，以艾蒿为主，味道辛中带香；拐过一个弯，到了东南方向，那里植物的味道最为复杂，像调色板上涂满了丰富的颜料，难寻主色调，一丝丝草茉莉的清香潜隐于草香间，稍纵即逝，在这里，我总是不由自主地放慢脚步，纵宠自己的鼻子闻个够；到了东北方向，我可就几乎要跑起来了，因为木栈道的右手边是一条马路，汽油与尘土的味道，迫得人丢了从容。

我将那个著名的句子改成了这样——我不在烟雨湖畔，就是在去烟雨湖畔的路上。究竟是从什么时候开始，对这个湖上了瘾？我说不清。反正感觉很久很久了，久到了遇到它之前。记得当年第一次听陈慧琳的《不如跳舞》，听到“让自己觉得舒服，是每个人的天赋”时，忍不住笑起来，想，这样的“天赋”，成就了多少“天才”呀！——今天我之去烟雨湖畔，是不是也可称作一种“天赋”呢？

每次去湖畔，都捐弃了一些东西，又获赠了一些东西。

越来越远离那个“无一语不可告人”的自己了。有些话，只愿意说给草木听。每次，我都听见那个湖畔散步者内心的语言汹涌澎湃。那天，凝视水边一种灿黄的花，单瓣，勇敢地裸露着心，突然愧怍起来，对她说：“与你比，我是朵‘重瓣’的花吧？深深掩藏了自己的心……”不管怎样，说出了就好。说出了，就卸下了。

听熊芳芳老师讲奈保尔的《没有名字的东西》，听她讲那个叫波普的木匠从意兴盎然地制作“没有名字（自然也没有用处）的东西”到垂头丧气地制作“莫利斯式椅子、桌子和衣橱”，米格尔街上所有的人都觉得这个波普越活越靠谱了，但是，只有一个纯真的孩子，悼念般地怀念着制作“没有名字的东西”时的那个无比快乐的波普。下课后，我跟熊芳芳老师说：“我就是波普……”——嗯，只有到了烟雨湖畔，我才远离了那个垂头丧气地制作着“莫利斯式椅子、桌子和衣橱”的自己，我才被这个温情的“没有名字的时刻”温柔俘获。

东南角那里的菖蒲长得可真茂盛。在菖蒲中，站着一块顶部平整的青石。每次走到这里，我都借意念将自己送至石上，盘坐。那天在星巴克喝咖啡，竟荒唐地想到了这块石头，自问：“若是坐在那块青石上喝‘拿铁’，眼观菖蒲俯仰，耳闻鸟鸣啁啾，该是何等滋味？”

烟雨湖抚慰了孤寂而又疲惫的我。每一个从湖畔归来的我，都是一个重生的我。

——幸好有个烟雨湖！说出这个句子，又觉得意犹未尽，觍颜为烟雨湖设计了一句台词——幸好迎来了围湖散步的你……

让我在鲜美的时候遇上你

我爱过，也被爱过；我美丽过，也被欣赏过。

我的玻璃板下面压着一幅艺术摄影，墨色的背景上是一篮红草莓，那草莓饱满光艳，鲜汁欲滴。清理桌面的时候，我常情不自禁在那些草莓上放慢动作，好像一不留神儿就会弄破了她们似的。阳光俯身亲吻我的草莓，我看见金光霎时镀亮了她们的每一个侧面，就连我眼睛看不见的篮底的那一颗也被一种极温柔的光轻轻穿透。我久久凝视着这些诱人的嘉果，唇齿间渐渐涌上了一股挥之不去的芬芳。

这幅摄影作品上有一行令人唏嘘慨叹的题字——让我在鲜美的时候遇上你。

那是草莓的喁喁低语吗？当她青硬酸涩的时候，她婉拒了你；当她衰败腐烂的时候，她回绝了你。只有当她独自走完了长长的风雨之路，当她的生命在万丈深渊的崖岸上招展如旗的时候，她祈望着遇上你。

不要早一步，也不要迟一步，你能在茫茫寰宇的某个时空的坐标点上准确地寻到她吗？

她婉拒你的时候，她还无法逆料自己日后的容颜，但是她知道自己的美丽有一个漫长的潜伏期，她想让你等，直到她能将一份狂沙吹尽后的锦灿和盘托给你；她回绝你的时候，她明白她已经永远错失了你，她不愿意让一种痛从她的体内蔓延到你的舌尖——因为珍视，她未许你。她说：“忘了我。”可她哪怕是成泥成尘，也会深深深深地忆念你。

让青春的草莓、情爱的草莓、智慧的草莓都能在最鲜美光艳的时候遇上自己祈望遇上的人吧！让青春遇上挚友，让情爱遇上佳侣，让智慧遇上良师。让每一颗草莓都远离寂寥和怨怼，让她说：“我爱过，也被爱过；我美丽过，也被欣赏过。我的一生，没有缺憾。”

——呵，让我在鲜美的时候遇上你。

为了迎接你的到来

你要怎样去走、去活，才算未曾辜负?

深秋时节，我应邀到一个贫困的乡村中学去举办写作辅导讲座。

讲座定在八点半开始。由于和校长聊得太投入，校办主任来叫我时，已经比预定的时间晚了三分钟。我慌了，几乎是一溜小跑地冲向了主席台。

讲座的地点就设在学校的黄土操场。上千个初中学生满脸虔敬地仰头看着我，让我羞于再去计较风冷日寒沙扑脸……

两个小时的讲座结束后，有几个学生围过来向我问这问那。校办主任对他们做了个解散的手势，说："老师累了，需要休息。你们赶紧回教室！"

这时候，我看见有个一直站在外围的小个子女生执着地挤过来，急促地对我说：“老师，您看看地上！”

我蒙了——地上怎么了？

我低头朝地上看去，碎石铺就的小甬路上飘舞着一些落叶——噢，还有些零星的花瓣。莫非是说这条小甬路没有打扫干净？还是其他别的？

我终是猜不透，便问那女孩：“这地上有什么特别的吗？你愿意告诉我吗？”

她脸红了，自语般小声说道：“老师，我和我的同桌在这条路上撒了一些银杏树叶和金盏花花瓣，是为了迎接您的到来——我看过老师写的那篇关于‘花瓣路’的文章！”

——“花瓣路”！我确实写过一篇关于“花瓣路”的文章，写的是八一建军节前夕我带学生们到一个大山上的雷达站去慰问演出，战士们用野花花瓣铺路迎接我们的故事……这个可爱的女孩啊，竟仿效着故事中战士们的做法，怀着隐秘的喜悦，与她的同桌捡来了银杏树叶，采来了金盏花花瓣，精心地撒在我必经的这条甬路上，激动万分地等待着我来踩、来踏，等待着我在识破这个美丽的小秘密的瞬间忘情地欢呼起来。

然而，匆忙中，我却没顾上低头。

我粗心地错过了那叶片与花瓣最想让我看到它们的一刻。

我歉疚地俯下首去，发现甬路旁边的灌木丛中聚集了那么多的娇黄与水红啊！未解人意的秋风，吹乱了女孩的美意，一个不堪收拾的遗憾，就那样真实地横陈于我们面前，让人有了想流泪的感觉。

我紧紧抱住那个瘦小的女孩，对她说："谢谢你和你的同桌！你们给我带来了开花的心情！"

在远离了乡村中学那条甬路的日子里，我又无数次走过条条飘飞着自然的落叶与落花的路。每当这时，我都会轻轻叩问自己：为了迎接你的到来，是谁苦心润饰了这路？冥冥中，有没有一双澄澈的眼正紧张地探看着你踩在花叶上的心情？你要怎样去走、去活，才算未曾辜负……

这个星球有你

虽不能至，然心向往之。

彭先生打来电话，邀我去西部教师培训会上作讲座。尽管与彭先生仅有一面之交，但还是愉快地应允了。

撂了电话，翻一下工作安排，发现居然与一个会议撞车了。连忙打电话向操持会议的人请假。对方沉吟了片刻，半开玩笑地扔过来一句："去走穴？"问得人火往头上拱，又不便发作，赔着笑说："跟商业不沾边。组织者提供交通、食宿费用，不安排旅游。我的讲座是零报酬。"对方听了，用洞悉一切的口吻说："哦？零报酬？那不是他们太不仗义就是你太仗义了吧？来这个会还是去那个会，你自己掂对吧。"

我好难"掂对"！

我跟自己说："何苦来？背着一口黑锅去搞什么鬼讲

座！”可是，答应了的事又怎好反悔？我需要寻觅一个推掉讲座的充分理由。

我上网搜索彭先生的背景材料。

彭先生本是名牌大学的高才生，毕业后到天津市某家知名软件公司做软件企划。朝阳的年纪，做着一份朝阳的工作，惹来许多人艳羡。但是，突然有一天，他毅然决然地辞去工作，做了一名自愿“流放”西部的 IT 人。

促使彭先生下决心去西部的，是一对苦难的母女。

冬季的傍晚，彭先生从公司下班回家，发现车胎没气了，便把车推到一个修车摊去修理。三九天气，刀子风刮得人脸生疼。为他补胎的是一个进城打工的女人。女人身边，是她五六岁的女儿。小女孩渴了，一直缠着妈妈要水喝。但妈妈忙着锉胎、涂胶，腾不出手来给女儿弄水。小女孩见妈妈实在顾不上自己，便趴在试漏的水盆前，小声地问妈妈：“妈妈，这盆里的水能喝吗？”没等妈妈回答，渴极了的小女孩居然把头伸向了那漂着浮冰的脏水盆……这一切发生得那么突然，彭先生的心被揪疼了。他赶忙跑到最近的一家商店，买了几瓶牛奶，以最快的速度跑回来交到小女孩手中……

第二天上班后，整个上午，彭先生全身都在发抖。他事后说：“在离我们公司不到五百米远的地方，竟有如此苦难的事情发生！而我却坐在有空调、有暖气的办公室里……这件事是一个导火索，它把我几年来想好的事情一下子提前了；或者说，好比是一个朋友打来电话，让我赶紧去做更应该做的事。我再也不能等下去了！”

他于是去了甘肃省那个叫黄羊川的地方，义务支教，分文不取。

当他坐在一户王姓人家的炕头，吃着读到四年级就因贫困而辍学的女孩烤的土豆时，他哭了。

当他在另一户人家，听到一个做了母亲的人说因为没念完中学而一直后悔着、怨恨着时，他哭了。

通过努力，他让黄羊川的中学生每周吃上了一次肉。

通过努力，他让黄羊川连上了互联网并拥有了自己的网页。

因为看到了这样一个事实：越穷越不重视教育，越不重视教育越穷。他决心用教育拯救这片土地……

在他的影响下，他的一位在中国气象局工作的同学毅然辞职，来到黄羊川，做了一名长期固定教师。

…………

我原本寻觅疏离缘由的心，此刻却被亲近的热望塞得满满的。在这些故事面前，一口“黑锅”显得多么微不足道！被误解的痛，幻化成一条细到可以忽略不计的蛛丝，随手抹掉或者交付风儿，都可以微笑着接受。

孙红雷在一则广告中说：“我们都是有故事的人。”这句话多么适合彭先生！这年头，有故事的人很多，但是，彭先生的故事却堪称高品位。有故事的人没有四处张扬自己的故事，幸运地分享了这故事的人一直在心中说着那句古语：“虽不能至，然心向往之。”我不知道那些津津乐道于“血酬定律”的人该如何从学术的角度解读彭先生的行为，我不知道哪个聪明人能有本事为彭先生的发抖和流泪标价。《博弈圣经》上说：“生存的游戏就是利己主义和利他主义之间的博弈。”利己的人，喜欢用“本能”为自己开脱；利他的人，却不好意思用“本能”给自己贴金。“本能”，是生命所接受的教育总和在某个瞬间的大暴露。有的人，利己是本能；而有的人，利他是本能。这就可以解释为什么有人一听到“讲座”这个词，第一反应就是酬劳，而彭先生一看到别人受苦挣扎，拯救的欲望立刻就主宰他的生命了。

——我决意充当那个可有可无的会议的叛逃者。

——我决意把多年淘得的教育真金悉数献给西部。

——我决意将新出版的书赠予那些与我今生有约的西部同行。

我发给彭先生的短信是：“这个星球有你，我多了一重微笑的理由。”

别丢了坎蒂德

有本事赚钱，更有本事把钱花在给生命带来无边欢悦的地方。

儿子打来电话，没聊上几句，我就急着问他："坎蒂德怎么样了？他走了吗？"

儿子笑起来："妈，你怎么这么惦记他呀？我都嫉妒了！"

儿子在英国剑桥 CSR 公司工作。刚一上班的时候，他就告诉我，与他对坐的是一个葡萄牙人，名叫坎蒂德。坎蒂德的工号是 12 号，年纪不大，尚未娶妻，却是这个公司地道的元老级人物了。公司排前 20 个工号的只剩了三个人，只有坎蒂德一直没有当官，不是因为他缺乏能力，而是因为他不感兴趣。

"他可牛了！"儿子说，"他是全公司员工在技术方面请教的中心，据说他的钱多到可以在伦敦买上几栋楼呢！"

就是这个“可牛了”的坎蒂德整天穿得跟叫花子似的，上下班骑一辆破自行车。

“他是刻意藏富吧？”我问。

儿子说：“我看不像。他的兴趣不在吃穿用度上。”

——当官没兴趣，吃穿用度也不讲究，那这个坎蒂德“情感的出口”究竟在哪里呢？

儿子说，坎蒂德是个“超慈悲、超热爱大自然”的人。他去了一趟养鸡场，看到速成鸡被囚禁在不能转身的笼子里，参观者被告知不可大声讲话，否则这些心脏特别脆弱的鸡就会被当场吓死，回来后，坎蒂德就开始吃素了。他说，他好可怜那些鸡；他还说，他有时候会莫名思念那些鸡，很想去探视它们，却又没有勇气。

三个月前，坎蒂德利用休假回到葡萄牙，投注了一笔巨资。

儿子让我猜猜他买了什么。

我说：“别墅？土地？度假村……”

儿子说：“都不是。他买了一座森林。”

休假结束回到公司，坎蒂德每天惦念他的森林。他把森林的照片一张张翻给同事们看，像炫耀自己年轻貌美的未婚妻。

他告诉我儿子说，他准备辞职，回家去照顾他的森林。他在英国置办了高档的摄像机、照相机、放大镜、显微镜，说是回去后要好好观察研究森林里的各种植物与昆虫。

2008 年，剑桥大学在剑河畔为中国诗人徐志摩立了一块大理石诗碑，碑上刻着徐志摩《再别康桥》一诗中的四句话：“轻轻的我走了 / 正如我轻轻的来 / 我挥一挥衣袖 / 不带走一片云彩。”碑上只刻了中文，并无英文译文。坎蒂德央我儿子为他翻译。我儿子不但为他翻译了那四句诗，还告诉他说，自己的父亲也是个诗人，并且也姓徐。坎蒂德听了，非常高兴。他说，他愿意随时恭候中国诗人的儿子游览葡萄牙，游览他美丽的森林。

坎蒂德是在 2011 年 12 月 2 日那天离开剑桥的。临走时，公司的同事们按惯例为他“凑份子”送行。一笔可观的英镑打到了一张卡上，送到了他的手中。他一拿到那张卡，立刻让我儿子和他一起在网上查找非洲一个救助饥饿儿童的网站，查到后将钱悉数捐了出去。坎蒂德举着那张分文不剩的空卡，开心地对我儿子说：“这个，我要收藏的。”

我多么愿意让儿子一辈子都与这样的人做同事啊！工作出色，内心澄澈，酷爱自然，悲天悯人，不为外物所役，不为虚名所累，有本事赚钱，更有本事把钱花在给生命带来无边欢悦的地方。

“永远不要丢了坎蒂德。不管多远，都与他保持联系吧。”我这样嘱咐儿子。

想念小石

他不仅仅救了我一命。

2001年7月28日，唐山大地震25周年。在纪念碑广场，我又看到了那么多的鲜花。我在鲜花丛中寻觅，希望看到几年来我总能看到的那个名字。眼睛一亮的瞬间，我几乎读出声来——“想念小石胡明芳”。依然是灼灼的红玫瑰，依然是仅有七个字的挽幛。我探询着花瓣上悬垂的故事，然而，花不语。

我问自己：小石是谁？胡明芳是谁？一份绵延了25载的思念，定然有它绵延不绝的美丽理由吧？

念念不忘的挂怀，锲而不舍地打探，我终于在秋叶黄透的日子里晤见了胡明芳，在瑟瑟秋风的凄唱中听她讲了关于她和小石的故事。

我原是华新纺织厂的一名技术员，地震那年21岁。我的家离单位很远，便只好住宿。记得28日那天夜里特别热，姐妹们冲了澡，躺在床上热得翻来覆去睡不着觉。可以脱掉的衣服全都脱掉了，只剩下胸罩和三角裤衩。有人开玩笑说：扒一层皮或许能凉快些。谁知这话就应验了。凌晨的时候，发生了大地震。我房间的五个姐妹没来得及从“发生了战争”的猜想中回过味儿来就全都送了命。

我被压在一堵倒塌的房墙下面，下肢不能动弹。我的嘴里灌满了土灰。我哑着嗓子喊“救命”，可回应我的只有远远近近的号哭和呻吟。天快亮的时候，下起了小雨。不一会儿，我就看清了我周围横躺竖卧的一具具死尸。我尖起嗓子越发起劲地叫喊。终于，有一个穿花短裤的陌生男人朝我走来。

这个人就是小石。他费了好大的劲才把我从废墟中扒出来。我无法站立。小石说：“你的腿受了伤，我背你到我家去——我家就在你们厂子外面。”

小石背着我深一脚浅一脚地走，好不容易才到了他的“家”。说是家，其实就是一个院子。院子里有一架葡萄，葡萄架上苫了块油毡，一家人猫在下面避雨。小石把我放在一扇门板上，自己弯了腰在那里呼呼地喘粗气。这时候，我突然觉得浑身上下不自在，偏偏脸，发觉有个中年男人正死死地盯着我看。直到这时，我才意识到自己几乎没穿衣服。“哎——”我冲小石说，“我……我有点冷。”小石惊讶地把眼光送到我满是雨水汗水的脸上，倏地，他明白了什么。我看见他的脸红了一下，低头说了句“你等等”，就走开了。

我想把身子团成一团，可腿疼得不能打弯，便只好勾着头坐在门板上。“丫头，你伤了哪儿？”是一个女人的声音。我抬眼看时，又遇到了那个中年男人不怀好意的目光。我绕过他的目光，对躺在葡萄架另一端的女人说：“我好像伤了膝盖骨。”那女人叹口气说：“比我强，我伤了脊梁骨——弄不好就瘫了。”我注意到那女人也只穿了背心短裤，而她旁边躺着的两个男孩儿全是一丝不挂。

小石回来了。他丢给我一件长袖蓝上衣。我连忙把自己包裹在里面。小石抱歉地对我笑笑说：“没弄到裤子——你再等等吧。”

小石喊上那个中年男人（他的叔）去找水。过了很久，他们才端了一盆水回来。“是游泳池里的，”小石对我说，“你别嫌，将就着喝点吧。大家都是喝这水。”我跟那女人（小石的婶）和那两个小男孩儿每人都喝了不少的水。小石的婶看我穿着那件“的卡”蓝上衣，热得大汗淋漓，就说：“丫头，都啥时候了，谁还顾上笑话谁？别捂那么严实了，快脱了凉快凉快。”我没有说话，手却不自觉地往下抻衣服的下摆——那条倒霉的裤衩，它实在是太小太小了。小石又出去找吃的，再回来的时候，他换了装——原先的花短裤不见了，取而代之的是一件土色的类似裙子的下装。他站在我面前，十分难为情地说："实在找不来裤子。你别嫌——我穿不着这短裤了，你穿吧。"他把攥着的手摊开，手里皱皱巴巴的正是他的那条花短裤。我纳罕地仔细端详他穿在身上的东西，竟是用牛皮纸糊的一个筒子！

夜幕降临了。雨又滴滴答答地下起来。葡萄架下的六个人一字儿排开——我，两个孩子，叔，小石，婶。我和婶因为身体有伤，被安排在最方便的位置。

我睡不着觉。余震一次次袭来，我的心始终悬空着。我总以为爸妈随时都可能来找我——我不知道他们已经永远离我而去了。我的腿疼得厉害。我心里有个声音在喊："医生，快来救我啊。"

大概半夜时分，我听到有人朝我走来。我的心狂跳起来。我绝望地意识到了可能发生的一切。我捂住嘴，不让自己喊出声。黑暗中，有一双手摸过来。我衣服的扣子被解开了，一颗，两颗，三颗……我哭了。但我不敢哭出声，我不能让婶知道这边发生的事情，我怕在一场天灾还没有结束的时候一场家难又将降临。那双粗手已经开始往下移动了。我把它拨开，它又上来……我闭上眼，想：完了！就在这时，我听到小石低沉的声音："叔！你干啥！我要喊醒我婶了！"

那无耻的男人无力地放了手，气哼哼地走开了。

第二天，小石和他叔一次次跑出去打探医疗队的消息，但每次都是失望而归。

傍晚的时候，小石忧心忡忡地看着我僵直赤裸的腿，说："咋也得给你找条裤子去。"说完，就冲进半塌的房子里去扒废墟。他叔冲他吆喝："兔崽子，你找死呀！"话音刚落，强烈的余震袭来，房子坍了，小石被房梁砸开了脑壳……

小石的叔和婶哭得很伤心。他婶说："这孩子，从小命不济，早早死了爹娘，跟着我们过。本打算今年年底完婚的，哪想到……"

夜幕再次降临的时候，我的心又揪了起来。小石不在了，我遭欺侮的时候，还能指望谁来帮我呢？

那一夜很平静，我担心的事儿没有发生。

地震后的第三天，营救的队伍大规模开进市区。我们得到通知：危重伤员一律往机场转移，送到外地治疗。叔先背出了婶，又回来背我。我趴在他的背上，一路沉默。他也无言。到了集中地点，叔放下我，抹一把脑门儿上的汗说："那事……实在对不住了。"我的泪哗地流出来，我说："我才对不住，添了那么多麻烦，您的侄子为我连命都搭上了。"

叔也哭了，说："丫头，记着小石的好，忘了叔的不是吧。"

……一转眼，25 年过去了。在这 25 年当中，我总在想念小石。他不仅仅救了我一命，更难得的是，在那样一种环境中，他还在拼命维护着一个可怜的女孩子无价的尊严，让她在一片没有破损的青春花瓣上做一个完满的梦。最后，他用他的死，唤醒了另一个男人几乎泯灭的良心。

你明白了吧——因为小石是一个值得想念的人，所以我每年都要送上一束花，告诉小石，也告诉这个纷繁杂乱的世界：有个叫胡明芳的人，将用她的余生默念一个让她的生命澄澈起来的句子："想念小石。"

吃愁

像吃粥、吃茶一般，平静地将“愁”吞下去。

一个习练书法的朋友向大家现场秀书法。每人获赠的均是其最拿手的“吃茶”二字。轮到我时，我说：“我不要‘吃茶’，我要‘吃愁’。”他愣了。问：“你确定要‘吃愁’？‘愁苦’的‘愁’？”我点头。他冲我愣了两秒钟，然后，笔尖蘸饱了墨汁，开写。他似乎不曾练过那个“愁”字，拧着眉头跟它较劲。一遍不行，两遍；两遍不行，三遍……围观者七嘴八舌：只听说过“吃茶”“吃苦”“吃亏”，咋又弄出个“吃愁”来？写到第N遍的时候，“吃愁”终于写得颇像样了。我舒口气说：“好了，就这张了！”不想，书法家竟叫起来：“等等，这张我得留着！我再写一张送你吧。”

——“吃愁”，这是我对自己的期许。

曾经，我是个不会“吃愁”的人。“愁”是“秋心”啊！心，不期然被秋天劫掠，我怎甘乖乖就范？在一句歌词前逡巡了很久，那歌词是：“甜蜜方糖跳进苦咖啡。”我被那个“跳”字困住了。方糖，它定然是甘愿的了，不然，那个动词应该换成“掉”甚或“跌”。我做不成那块崇高的方糖，我宁愿抱紧自己珍贵的甜蜜，让它小心翼翼地躲开苦咖啡。

可“愁”却是多么迷恋我啊！终于有一天，我突围不出去了，硬着头皮，拨通了琳的电话。琳是我早年教过的一个学生，现在是一名精神卫生工作者。琳惊喜地说：“老师，让我猜猜，您是要通知同学聚会吗？”我沮丧地说：“不是。我向你讨要一种市面上买不到的精神类药品……”

“愁”的抗药性太强大了，它居然嚣张地将那一粒粒精致的药片当成了自己的兴奋剂。我每天晚上精神百倍地守着它，听任它携着我上天入地。

一个患有重度抑郁症的朋友说，他以每天高声诵读唐诗宋词的妙法，医好了自己的病。偷偷用了他这方子，盼着李杜、三苏们能从千载之前发功，驱走我身上的愁魔。可是，我再一次失望了。

从哪一天开始，我不再与“愁”为敌了呢？我说不清楚。我只知道，我似乎慢慢修炼出一种能耐，那就是，像吃粥、吃茶一般，平静地将“愁”吞下去。我跟自己商量：姑且，把

“秋心”当成一味中药吧，想它具有明目、舒肝、润肺、养心、去燥、益气的神奇功效。服下“愁”去，生出“喜”来。

那天，和一伙人分享一只硕大的榴梿。榴梿那特殊的气味热烈地包围了我们。大家大呼“好吃”。吃货当中，有人带了一个四五岁的孩子，那孩子快被榴梿的味道弄哭了，她捂着鼻子嚷嚷道：“你们缺心眼吧？吃这么臭的东西！”

童年的口味，往往是单一的甜或香，随着年龄的增长，我们的口味要求变得复杂起来，苦、辣、酸、咸，甚至臭，我们都奋勇地去品味。看那卓尔不群的咖啡，竟将黑白、冷热、苦甜这么多对立元素熔为一炉，使自己拥有了远高于蜜汁的昂贵身价。真的，一枚优秀的“方糖”，真会奋不顾身地“跳进”苦咖啡的呀！这是一种带着痛感的“自我实现”。相信吧，那跳进了苦咖啡的方糖，不会愁，不会怨，不会抑郁，不会失眠。

人说，太阳底下没有新鲜事。其实，太阳底下也没有新鲜的“愁”。我吃到的“愁”，早被先人或远人吃过了，我大可不必为它的不期然光顾而大惊小怪。说到底，我的“愁”多是“爱上一匹野马，可我的家里没有草原”之类的闲愁；那也无妨，就让这挥之不去的“秋心”渐次晕染了我的“甜蜜方糖”，让我坐在沁凉的风中，从容自在地读天，读地，读自己。

领笑

拯救微笑的人，是凡间的天使。

丢了微笑的日子里，拿到了一本可人的小书。暖暖的封面，上面印了“此致微笑”四个大字。送来小书的人告诉我：“这是一本来自沈阳的微笑漂流书。作为我们这座城市的‘微笑领航员’，请您写一段寄语吧！”

我有些手足无措——怎么？居然会有“微笑漂流书”？居然会选我做这座城市的“微笑领航员”？

俯首细看，发现那是一本特别的书。之所以说它特别，是因为它的内文部分几乎全是空白，只在前面几个页码印了相关的说明文字。我看明白了，这原是一些怀抱春光的人，在春天发起的一项春意盎然的行动，让 1500 本这样的小书同时踏上不同方向的“微笑之旅”，从陆路，到海路，再到航路，这些“微笑天使”飞向四面八方，飞到我与我们的怀抱，在那里结一个关乎微笑的茧，筑一个关乎微笑的巢。我荣幸地被分到两个对开的空白页码。兴致勃勃地找出一张照片，贴在左侧的页码上；然后，拈起一支笔，想着关乎微笑的美丽心事，写着关乎微笑的美丽语言——“嘿嘿，作为一名微笑领航员，我先领笑一个哈”，这是我开头的文字。写下这样的文字，当真就让微笑泛在颊上，牙齿欢天喜地地露出来晒太阳。

我不知道是谁，在一个怎样的时刻，突然发出了这样一个美妙的提议。在那一刻，定然有商人在为利润焦虑，定然有官员在为政绩焦虑，定然有名流在为名望焦虑……但是，那个人毅然将这些焦虑的蛛丝轻轻抹去，他（她）灼灼的目光，盯恋人般地盯上了那一抹珍贵的微笑。他（她）说：来，咱们捻一根丝线，串起那些散落在各处的微笑，特别是，串起那些潜在的微笑，用这一串微笑的珠链去点缀乏味的生活吧！于是，那一本本承载了美意的小书，便以一种飞翔的姿态翩然走上了寻觅微笑、发现微笑、传递微笑、感受微笑的光明途程。每一个有机缘在空白页上留言的人，都已将自己的一滴微笑幸福地融入了微笑的汪洋。

“领笑”，自打我在那本书上写下这个词，我就发誓不辜负它。我见过在舞台旁侧“领掌”的人，那掌声是一个任务，需要硬着头皮完成。但是，“领笑”是自我的一种内心需求，过于平静的湖面，需要诞生快乐的涟漪，而那涟漪的中央，应是我不矜不媚的笑窝。

石涛评画，曾言“精神灿烂”。莫名地，就万分喜爱这个词语。腹藏万象，胸有沟壑，精神才可能灿烂得起来；一个精神灿烂的人，表情不可能是黯淡灰颓的。微笑，是一个人内心晴朗的自然外化。

你可能会说：微笑是一种多么娇贵的植物啊！风来吹它，雨来打它，霜来欺它，雪来侮它，它还有几多活下去的理由呢？是的，大概，太多的微笑就是这样夭折的吧？在西天目山，我曾拜谒过一棵万年树龄的银杏树，我发现，它是一棵有能耐将风霜雨雪统统视为生命给养的树！唯其如此，它才能精神灿烂地活过了一百多个世纪。如果树也有表情，我想，这棵古银杏一定是最爱笑的一棵树。

尘世里永有尘埃飘落，那“拂还来”的烦恼几乎没有人能逃得过。丢了微笑的人，是精神的穷人；拯救微笑的人，是凡间的天使。

不笑的人那么多，你也来“领笑”一个，如何？

校长请谁喝咖啡

咖啡的香气必须一视同仁地缭绕在每只杯子的杯口。

腾出来一间小办公室，我提议，不如把它布置成咖啡屋吧！大家听了一致赞同，于是，我们有了一间温馨的咖啡屋。

做了一块简单的牌子，上书：校长请你喝咖啡。

办公室主任问："校长，您准备请谁喝咖啡呀？"我说："第一个要请的，应该是后勤的亚非老师吧。因为在布置这个房间的过程中，他最辛苦。"于是，亚非老师美美地坐在沙发上，美美地喝了一杯咖啡。接下来，谁是这里的座上宾呢？我说，我想请期中考试退步较大的孩子们一起喝杯咖啡，于是，八个孩子低头走进来了。我提出要求：每个人都来说说自己最得意的一件事。大家捧着咖啡杯，有点意外，有点茫然。终于有个男生大胆宣称最得意的事就是会用粤语演唱《喜欢你》，说完大声开唱。当他唱到“挽手说梦话，像昨天，你共我”时，我们不约而同地跟着他唱，普通话、粤语、半普通话半粤语，南腔北调，没唱完就都笑翻了。气氛一下子变得轻松起来，大家抢着说起了自己“最得意的事”……

曾经，我是个“嫌贫爱富”的教育人。做教师时，偏爱成绩好的学生；做校长后，偏爱业绩好的员工。我敢说，如果这间咖啡屋早建成，最先被邀请来这里喝咖啡的恐怕就是打着另外标签的人了。

不是由于读了某本书、经历了某件事、遇到某个人，我一下子就变成了今天的自己。这是一个很慢的过程，慢得就像一棵树从萌芽到参天。慢慢发现，自己其实也不是样样优秀，丢丑的时候，特别渴望有人投来宽容的眼神；慢慢发现，就算我将“平庸”这个词视为人生大敌，也避免不了“平庸”对我的死缠烂打；慢慢发现，急于看到每个孩子都即刻成材是浅薄可笑的，孩子是花期不同的花朵，你得明白，菊花将自己的花期安排在秋季自有它充分的理由；慢慢发现，在我为别人的“短板”深深叹息的时候，那个人的“长板”也在为我对它的盲视深深叹息；慢慢发现，生命有太多种可能，一个小小的善意也许能引爆一座沉默的火山；

慢慢发现，懂得欣赏不完美，就离完美更近了一步……

所以，请允许我在意念上邀请那些错过了这间咖啡屋的人来这里喝杯咖啡：班会课上公然顶撞我的那个男生，语文课上破门而出的那个女生，班级成绩垫底儿的那位“老班”，赛课失利的那位“青师”，对我出言不逊的那个家长……命运安排我们相遇，你们手里拿着一件包装丑陋的礼物，接过它，收下它，层层拆开，我万分惊奇地发现，原来，它们竟然都是我特别需要的东西！有一种磨砺，它的本名叫“成全”。离开了这些“不如意”，我就长不成今天的这个自己。

嗯，这间咖啡屋，一定要以“生命”做它的内核。它不可“势利”，更不可“倨傲”，咖啡的香气必须一视同仁地缭绕在每只杯子的杯口。它要告诉每个来此小坐的人——“喜欢你”，它所追求的最妙状态——“挽手说梦话”……

韩老师和博士学生的秘密

最善教的老师最懂得在什么时候不教。

教物理的韩老师去世了，他的许多老同事和他曾教过的学生都来参加葬礼。

在韩老师的学生里面，有一个物理学博士，他是特地从北京赶来为自己的恩师送行的。

韩老师并不是那位博士的班主任，博士的班主任——一位数学老师恰好也在送葬的人群当中。班主任握着博士的手说：“你是一个有良心的学生。你能取得今天这样的成绩，离不开韩老师当年对你的教诲。你真的应该感谢他呀！”博士说：“我的确十分感谢韩老师。今天，韩老师去了，有一个本属于我和他的秘密也可以跟您说了。您知道，上初中的时候我就特别喜欢数学和物理；上了高中以后，我有幸遇到了学识渊博的您和特别开明的韩老师。每逢上您和韩老师的课，我都是课堂的中心人物。到了高二，文理分科之后，我的学习劲头就更足了，成绩也更让老师满意了。我利用课余时间提前半学期学完了高二数学和物理的全部课程。我向您提出后半学期数学可不可以免修。您听后跟我急了，说不能眼睁睁看着我自毁前程。我清楚地记得，当时您眼里含着真诚的泪花。我当然知道您这样做完全是为我好，我理解您的良苦用心。但是，我这个人很倔，不久，我就又把同样的请求说给韩老师听了。没想到韩老师居然答应了我的请求，还答应和我一起瞒着您。从那以后，每逢上物理课，我就躲到韩老师的宿舍里去自学。老师，我感谢韩老师给了我自由驰骋的空间，也感谢您在课堂上给我打下了坚实的数学底子。请您原谅我当年瞒着您离开课堂，也请韩老师原谅我给他添了那么多麻烦。”

班主任听得呆了。她不知道眼前这个物理学博士竟然曾在物理课上“溜号”，并且拉物理老师做了自己的“同谋”！多少年来，她一直以为，唯有在课堂上认真听她讲解的学生才能取得好成绩，才能有个好前程。想想看，她学历高，经验足，责任心又特别强，每一节课她都不遗余力地掏空了自己——她是在以自己的生命滋养着学生的生命啊！她不相信吃着她精心巧手调制的“玉食”的人会营养缺乏，她不相信一个毛孩子有能耐在知识的长河里淘到黄金。但是今天，她眼前的这个物理学博士却用自己的成长故事使她不得不认同这样一个道理——给孩子提供一个泳池，他充其量也就是能成为一个游泳高手；而让孩子走向大海，孩子却可以获得搏击风浪的本领，可以生出沧海横渡的雄心！

班主任久久凝望着韩老师的遗像，在心里默默地对他说：谢谢你使我明白了——“开明”有时候比“渊博”更重要，最善教的老师最懂得在什么时候不教。

我的祸福观

祸福皆惊者，祸福皆可杀之。

羊年伊始，与文友阿芳互发微信问候。小结马年，我俩都戏称，被那匹不安分的马踢了一脚——她伤在心，我伤在身。

发去一串叹息，她慰我道：“天欲祸人，必先以微福骄之，所以福来不必喜，要看他会受；天欲福人，必先以微祸儆之，所以祸来不必忧，要看他会救。”

我大惊：“你原创？咋恁好！”

她发来一个鬼脸，说：“我若觍颜称原创，洪应明定穿越来揍我。”

我愈惊：“《菜根谭》？俺读过也！咋未留意到这段文字？”

阿芳道：“读时未入心，故而未入眼。”

阿芳所言极是。读《菜根谭》时，我涉世未深，只约略记得抄录过“霁月光风，草木欣欣”这等雅词丽句，而对“祸福”之类苦辣文段，则一目十行，潦草带过。作者“咬得菜根”之后的深悟深得，被我在饱食肥甘之后不恭“闪读”。我之所得，注定为皮毛。

设若当年我在本子上抄录了阿芳发来的那段精警文字，临福临祸，我还会那般不懂得“受”与“救”吗？这颗心，多么蹇浅，福来则喜，祸来则忧；哪怕只是“微福”或“微祸”，我也会被“骄”晕、被“儆”晕；我拙于“受”，亦拙于“救”，只会暗自祈求神灵，佑我趋福避祸……夜读《恩宠与勇气》，读到“人应该学着向倒霉的事感恩”时，我心惊不已，扪心自问：你何时才能学会？

——德厚，方能“会受”；心广，方能“会救”。祸福皆惊者，祸福皆可杀之。

七瓣莲里的人生

你愿替世人代受了那苦。

“二十文章惊海内。”人们这样评价你。

对于你，我曾试图读懂，但却难以读懂。你的生命，被赋予了太多灵慧——你诗词了得，绘画了得，篆刻了得，音乐了得，戏剧了得。你怀着一颗恭肃的心，侍弄自己挚爱的文学艺术。读书、作画、弹琴之前，都要净手。你说，音乐是所有人的灵魂圣水；你第一个把光与影请到中国的画纸上；你束起腰，就能反串玛格丽特；你写的歌，我的母亲、我和我的孩子都喜欢唱……似乎随便哪碗饭你都能吃得很硬气——在任何一个领域里你都不屑浅尝辄止。但是，39 岁那年夏天，你亲手打翻了所有的饭碗——你剃度了。

我一直为你遗憾呢。

这一天，我来到你的家乡平湖。听着当地人难懂的话，忍不住要学两句——你是这乡音哺育的赤子啊。来不及去宾馆放下行李，就央司机将我载到了你的纪念馆——“东湖”粼粼波光之上的一朵硕大莲花。七瓣莲里盛放的，就是你至丰至俭的一生了。

那在凉凉的石中“悲欣交集”着的，可是你？

擎着一枝焰火般盛开的“彼岸花”，耳畔回响着《送别》那哀婉凄美的旋律，我向你致意。我一瓣一瓣地寻觅你的心踪，我一瓣一瓣地熏染你的心香。半世的潇洒，都被框在泛黄的照片中了。我看到那个为你剃度“助缘”的居士了，他的一句戏言，却被你认了真。进入一个全新的境地之后，你觉得自己脱胎换骨了，遂想到老子的那句“能如婴儿乎”，竟毅然为自己取了新名——李婴。

就这样，你删繁就简的愿望，仿佛塘中一支荷箭，不可遏抑地挺出来，挺出来。

“代苦”，这两个字是你用朱砂写的。血一样的颜色，那么触目惊心。你说，你宁愿独自担当世间的苦；又说，为了让世人少受苦，你宁愿受尽世间所有的苦。造物主强行将“苦”这种东西分摊给他的子民，芸芸众生，谁个不是避之唯恐不及？而你，反希望多讨要一些，你愿替世人代受了那苦。

我难以挪步。

两万多个日子前，你说了这样一句话；两万多个日子后，我才听到你的声音。可我决意在这一帧字前当真放下些心中的苦，交由你“代”了去。我相信你不会厌烦，反会颔首。你知道吗，当这个念头甫一浮上来的时候，我心中的苦，就已减了大半。

你的抚慰，即便隔了数万个日子，竟也这样奏效。

我曾在课堂上讲你的故事——为了让椅子上那肉眼看不见的小虫（或许竟是凭空想出来的虫吧）免于被压得毙命，你坚持在落座前摇一摇椅子，以期让它们有机会逃走。孩子们听罢大笑起来，我眼中却蓄满了泪水……

有“代苦”之心的人，活得多么苦。“老实念佛”，过午不食，你以清瘦之躯供奉着一颗丰润禅心。如果我在这一帧血红的“代苦”面前还为你亲手打烂了一个个世俗的“饭碗”而叹惋，你定然会朝我投来失望的目光。

弃甜，原是你向“代苦”迈出的必然一步。

——这个叫李叔同的人，足以让所有“贪甜”的人汗颜。

挥别之后，回望粼粼波光之上那别致的七瓣莲建筑，我竟然相信，莲花之下，有藕茁长……

第六辑

活成一座花园

从明天开始，
做一个懂得取悦的人——揖青山以为友，
邀花香以为伴，撷星光以为眼，挽江河以为带。

活成一座花园

我是人间版的你，你是天堂版的我。

她曾经是个多么得上帝恩宠的女子：容颜姣好，天资聪颖，性格阳光；她的丈夫拥有一份令人羡妒的职业，她的儿子是圈子里公认的“小天才”。她是一朵花，在撩人的春色中做着旖旎的美梦。

突然有一天，她的爱情烟灭了——丈夫爱上了别的女人，提出与她离婚。她忙着检点自己，却说什么也不明白自己究竟错在了哪里。她不能答应丈夫的要求，去意已决的男人索性搬离了这个家。

她几乎要垮掉了。

这时候，儿子对她说：“妈妈，我不想你这么不开心。离婚吧，咱俩好好过。”

离了婚，她的魂儿丢了。终日枯坐，茶饭不思，以泪洗面。她难以面对丈夫抽身离去所形成的空白。

这时候，儿子又说话了，他说："妈妈，我不喜欢你现在这个样子。我的妈妈应该是坚强、漂亮的。你这样，让我感觉很丢脸。"

一语惊醒梦中人。是啊！她要努力捍卫自己在这个少年眼中的形象啊！

她开始重塑自我——阅读、写作、跑步、爬山、设计服装……她以为早丢干净了的东西如今又都找回来了。她与儿子成了很好的"读友"，一间小书房，两个读书人，每读到精妙处，都免不了朗诵给对方听。那天，一只蝴蝶从窗外翩然飞进，看着它美丽翼翅的自在扇动，她不禁怦然心动："离婚真好啊！如果不是离婚，我真不会想到我还能这么丰富地活着！原来，每个崎岖处，都有在平坦处无法看到的美妙风景啊！"

有一天，她邂逅了前夫和他的新婚妻子。他惊讶于她由内而外的巨大变化，不由脱口说出了"没想到你是这么丰富的女人……"

在和儿子谈到再婚的话题时她曾表示，"那个人"必须爱她的儿子，否则，就坚决不谈。儿子听后笑起来："放心吧，妈妈。我这么可爱的小孩，只会给你加分，他肯定会爱我的！"

就在她活得意兴盎然的时候，更大的不幸降临了——儿子被查出患了癌症！

在真相面前，这个少年表现出了罕见的坚强。病房里他的笑声最多。他听郭德纲的相声，“差点儿笑死”；他化疗时“自来卷”的头发掉得厉害，可他竟还有心思拿这事打趣。他的勇敢乐观感染了母亲，她没有哭，而是继续快乐地充当儿子的“读友”，把病房当成了书房……

参加儿子葬礼的时候，她穿了一件红色的旗袍，就因为儿子说过：“妈妈，我会在天堂看着你，我希望看到我的妈妈还是那么漂亮、开心。”

她没有垮掉。这个在别人眼中已变得“一无所有”的女人越活越精彩！

除了写作、长跑之外，她坚持练瑜伽，穿漂亮的衣服，应邀到各地去演讲，开办了一个名叫“天画画天”的公司，还拍了一部电影（因为儿子喜欢电影），又以儿子的名义创建了一个教育基金会，继续打理儿子的博客，给所有舍不得这个天才少年的人一个追忆凭吊的窗口……

在儿子离去三周年的那个日子里，我注意到她是在凌晨两点钟贴的博文。她在文中模拟与儿子对话，母子俩说着温暖的话题。写文章的人没有哭，跟帖的人哭了……

想起她读罢《卿卿如晤》一书后的刻骨感受。她说：

“我儿于我，也是多变的角色，是我要照顾的儿，又有支撑我的夫和父的智慧和力量，是我的学生和导师，是我的臣民和君王，是我的朋友、伴侣、同志、战友。对方，永远是我们第一个要与之分享美好感受的人，我们之间的话，说也说不完。”

她对儿子说：“我是人间版的你，你是天堂版的我。”

如果说，她曾活得像一朵娇艳的花，那么现在，她在竭力活成一座富丽的花园。她是在用两双眼看、用两颗心活啊！她不敢不精彩、不能不精彩啊！

我愿将世间最美好的祝福，送给这个叫柳红的女人。

海棠花未眠

我们蒙昧的眼睛，常常有太多的读不懂。

那一年，工作多年的我，获得了重新回到高校进修的机会。在那里，我结识了禹老师。禹老师本是主研日本文学的，而他为我们担任的课程却是写作教学。初春的一个早晨，天上飘着牛毛细雨，教室前一株伶仃的杏树寂寞地开出了两朵淡粉的花。同学们嘻嘻哈哈走过，戏言要摘了它赠予我们漂亮的“班花”。后来，衣履光鲜的禹老师来了，我们便不再嬉闹。

距离真正上课的时间还有五分钟，禹老师说：“我注意到了，你们刚才在议论那两朵新开的杏花。要不要利用这几分钟的时间，听我给你们背诵一段有关花的文字？”我们热烈鼓掌。禹老师便开始认真地背诵起来——用日语！他背得十分陶醉，我们听得十分入神。不懂日语的我们，实在猜不出那是一些怎样的文字。但是，我们分明又约略地猜出了那一定是一些美丽芬芳的文字，否则，朗诵它们的人不可能那样眼睛发亮，流露出幸福的表情，仿佛置身天堂。

禹老师背诵完了，我们却傻呆呆地半晌回不过味来。终于有人小声发问了："这是一段写什么花的文字？谁写的？"禹老师说："这是日本作家川端康成描写海棠花的一段文字，文章的题目叫《花未眠》。"

记得当天晚上在微机教室里，许多同学都下载了翻译成中文的《花未眠》。这是一篇玲珑哀艳的文字，是写作者对美与死的参悟的。川端康成说："凌晨四点醒来，发现海棠花未眠。我大吃一惊……"老实说，我很为他的"大吃一惊"而大吃一惊。花嘛，本不可能像人一般昼醒夜睡，花入夜而不眠，是 件多么稀松平常的事啊，作者却何至于"大吃一惊"呢？

拿这个问题去请教禹老师，禹老师说："川端康成说，自然的美是无限的，人感受到的美却是有限的。在那个给予他'美的启迪'和'美的开光'的凌晨四点以前，海棠花未眠这个事实曾被他粗心地忽略着。他或许以为海棠花和朝荣一样，会在黑夜里闭合了自己美丽的容颜；他或许原本就知道海棠花是不眠的，但却没有像这个凌晨四点一样在凝视中突然读懂了她。所以他谆谆教导我们：美是邂逅所得，美是亲近所得。”

终于明白了，原来，那令我们“大吃一惊”的事物往往是先前被我们粗疏的心误读过的事物。很为川端康成拥有了那样一个重要的“凌晨四点”感到庆幸，他的“天目”被倏然点开，一下子看清了原先未曾看清的一切。

后来走过教室前的杏树，走过一切开花的植物，我都会很自然地想起川端康成的《花未眠》，想起禹老师忘情的背诵，想起那惹得人“大吃一惊”的所有的“美的启迪”和“美的开光”。

美好的文字和美丽的花朵一样，有能力完成“目光的第二次给予”。我们蒙昧的眼睛，常常有太多的读不懂。两朵杏花摆在我们面前，我们却无力透过它细腻的肌理触摸到生动的春天。我们只会开着浅薄的玩笑，与两朵奔跑了整整一个冬天才得以与我们相会的杏花擦肩而过。而当川端康成凝视过了凌晨四点的海棠花，当我聆听过了禹老师对这种凝视的深沉解读，红尘就多了几个知音，世界就多了一份锦灿。

俺姐姐

愿你把每个日子都涂成你指甲盖那样的玫红色。

妹妹的婆婆，是个相当另类的人。每次见面，都带给我无限的新奇感。

话说几年前，我去保定看妹妹。一家人去饭店吃饭，妹妹提壶倒水，突然把声音抬高八度喊道："姐姐，来，给你倒杯水！"

我忙说："这不满着呢嘛！你刚倒的呀。"

妹妹说："谁说要给你倒水呢？是给这个姐姐倒水！"居然面向她婆婆！

咦？这个死妮子，没大没小的，居然管婆婆叫"姐姐"！

再转眼看她婆婆，哎哟，笑得跟朵花似的，受用得不得了！

后来妹妹告诉我，一次她跟她婆婆去超市，她“妈，妈”地叫个不停，她婆婆神情严肃地把她拉到一边，悄声嘱咐她：“喂，当着外人的面，别老‘妈，妈’地叫，显得我多老啊！你叫我姐姐吧。”妹妹特听话，打那儿以后，但凡有外人在场，统统喊她“姐姐”。

我也比较二百五，跟着妹妹喊她婆婆“姐姐”。

俺姐姐带着她孙女丫丫上街，买了件碎花吊带小背心，萌萌的，说是给丫丫买的，但第二天，我就发现她自己美美地穿上啦！

有一回见面，发现姐姐下颌缝了针，忙问怎么回事，说是晚上回家，遇到了抢包的，她拼命捍卫那个价值 15 元的包包和包包里的 40 元钱，结果被拖倒在地，挂了彩。

她本是很沮丧地向我讲述这一被抢过程的，但突然话锋一转，语调变得欢快起来：“你猜我闺女小丽怎么说？她说：妈，活该你被抢！谁让你烫个大披肩发，穿条大连衣裙，蹬双大高跟鞋，挎个假名牌小包，扭个小屁股，在大街上招摇！坏人从后面看，肯定没猜到你是个退了休的老太太——老太太都穷酸，没啥值得抢的。他肯定以为你是个三四十岁的女土豪级人物，这才对你下了毒手。”

——瞧瞧，瞧瞧，俺姐姐被抢得多么光荣啊！是因为她忒显年轻、忒显富贵，以至于让目光老辣的窃贼都看走了眼。

姐姐说她比较“费老伴”。

第一任老公长得像中央电视台播天气预报的那个男播音员，很宠她，宠得她至今都不会也不敢开燃气灶（怕爆炸）；第二任老公跟她感情特别好，两人常去歌厅K歌，一首不落地唱曲库中的情侣对唱歌曲，一唱唱到后半夜。现在她一个人过，总有人给她张罗老伴，据说一个张罗者后来变成了求婚者，但她都不答应。“明明知道自己费老伴了，‘妨人’，不好。”她认真地对我说。

姐姐自称是个“月光族”，每个月领了退休金，请客，买衣，一掷千金。有一回她得意地跟我炫耀：“我办了个存折！存折里有一千多块钱了！”她的一儿一女都强烈反对她攒钱，支持她当“月光公主”。

有一年她过生日，儿子儿媳送了她一件礼物——一套市中心的房子。第二年她过生日，女儿女婿也送了她一件礼物——一套公园附近的房子。哼，我要是她，我也不攒钱。

那天她说头晕，让我帮她测个血压。我便帮她测了，告诉她说：“高压150，低压95。有点高。”她听后一声不响地就走了，剩下莫名其妙的我，举着个血压仪发呆。

一会儿，小丽打来电话，说：“姐姐，你给我妈测血压了吧？你说她血压高，把她吓坏了！跑到我这里来，让我重新给她测一遍。我就骗她说，正常啊，坚持吃药吧。这下她高兴了。我妈胆小，我们从来都不敢对她实话实说。”

——俺姐姐就有得宠的命，丈夫宠，儿女宠，谁见谁想宠。

姐姐的嗓音又尖又野，特别适合唱才旦卓玛的歌。退休后，她就去竞秀公园唱《翻身农奴把歌唱》。

先是一个拉二胡的老头儿慧眼识英，主动搭讪她，要为她伴奏。后来，一个老头儿引来数个老头儿，大家纷纷要求为她伴奏。就这样，老太太有了自己的乐队。

她跟我说：“我每个月领了退休金，第一件事就是请老头儿们吃饭——给他们加加油，让他们更敬业！”

去年元旦前夕，姐姐认真地问我：“你们学校搞迎新联欢会吗？”我说：“搞啊。”她真诚地说：“那我带着我的乐队去给你们出个节目吧！”我一听，吓坏了！五百多里地，五百多的岁数（歌唱家和乐手年龄相加），这个节目忒值钱了吧？

有人将姐姐在竞秀公园演唱的视频放到了网上。她让我妹妹打开页面给我看，看完之后，她逐条诵读“网友评论”，什么“台风优雅”“嗓音甜润”“颜值爆表”“身段婀娜”“魅力四射”……反正尽是好词儿。

我惊叹："哇！这么多'粉丝'啊！"后来妹夫悄悄告诉我，那些评论，都是他们注册了不同的网名假扮"粉丝"写的，为的是逗老妈开心。

我要回唐山了，姐姐拉着我的手问："你回去之后会在电脑上评论我的演唱吗？"我说："会的，姐姐！"结果，我回到唐山之后就忙忘了这事。那天正吃饭，接到我妹妹的电话，央我道："你快去给我婆婆留个言吧！她趴在电脑旁边眼巴巴等着呢！"

亲爱的姐姐，愿你把每个日子都涂成你指甲盖那样的玫红色，亮瞎那些活腻味了的人的眼！

抬头看云

天上，开着那么多上帝来不及摘走的花啊……

一天骑车走在路上，突然发现前面一辆出租车的后玻璃装饰得十分考究，那曼妙灵动的纹路，似花还似非花，一漾一漾的，让人的心旌也跟着摇荡起来。我快骑几下，试图看清那究竟是些什么图案。吱——前面一个紧急刹车，我自行车的前轱辘差点顶住了那辆车的尾灯。我惊惶地叫了一声，同时看清了那勾走我眼波的所谓花纹，居然是车玻璃反射出的天上的云彩！

我自嘲地笑着，索性跳下自行车，举头望天，全心全意地看起云来。

好白的云，好美的云，就在我的头顶上，悄然无声地上演着一幕多么精彩美妙的剧目啊！

为什么我的步履总是那么匆遽？我的鞋子上蒙着一层细

尘，我的履底无缘阅读洁白美丽的云朵。这双眼睛在追逐着什么？这颗心儿在遗忘着什么？如果不是借着一方玻璃的提醒，我是不是就不再记得头上有一片可供心灵散步的青天？

“妈妈，这个阿姨看云呢！”

我被一个响亮的童声惊动了。循声望去，见一位母亲正用力地推搡着一个五六岁的小男孩——显然，这位母亲是在怨责她的孩子用一句冒失的喊话冒犯了我这个陌生人。我心里咯噔一下，想，在我举头望天的时候，我一定成了路人张望指点的对象，他们会说我痴说我呆，他们在心里讲着同情我哀怜我的话语，甚至还可能会为自己敏锐的洞悉而沾沾自喜。然而，他们全都错了，只有这个纯真的孩子猜透了我，说穿了我。

亲爱的孩子，我小小的知音，你相信吗，在这个喧闹的世界上，有许多事情真的并不比看云更重要。如果你愿意，就请和我站到一起，让我指给你看吧——天上，开着那么多上帝来不及摘走的花啊……

我见青山多妩媚

让这样明媚的句子撵走那恼人的忧烦。

办公室的窗，衔一脉青山。

忧悒的时候，我引自己伫立窗前，游我之目，骋我之怀。

常想那稼轩，一定是在孔子“甚矣，吾衰也；久矣，吾不复梦见周公”这个悲凉的句子中怅恨良久，而后扪着一颗衰朽的心，喃喃自语：“问何物，能令公喜？”是呢，批阅了太多的春风夏雨秋霜冬雪，“喜”的门槛，被岁月一再偷偷筑高，再不似儿时，一只蚁虫就可以轻易驮走满心的不快不爽。

稼轩抛出的问题，自然要由稼轩来作答。

穿越时空的烟尘，我看见长衫飘飘的词人，指点着凝翠的青山对我微微颔首。我听见他得意地吟唱道：“我见青山多妩媚，料青山见我应如是。”

我喜欢听这家伙对“青山”情人般的不吝赞美之词，更喜欢他多少有些跋扈的痴愚猜想——他竟张狂地以为，他眼里青山有几多妩媚，那青山眼里的他就有几多妩媚呢！

窗前的我，险些要被这个在心里千回百转的句子逗弄出新鲜的笑，连忙掩了口。是担心这笑会冒犯了意兴盎然的词人呢，还是担心这笑会唐突了眼前这决然不会枉担了“妩媚”之名的青山呢？这两个担忧，一律那么美妙，美妙得让我逆流的笑一跌进心湖，就激起了层层的浪花。

开花的季节里，我单位为装点铁艺的围栏，打算制作一些宣传牌。我几乎想都没想，就率先推荐了稼轩的这两句词。如今，稼轩这两句与青山倾心“调笑”的妙词被印在一块不规则的红色牌匾上，惹得与它熟识和不熟识的人都不由得在它面前停下匆遽的脚步，轻声诵它：“我见青山多妩媚，料青山见我应如是。”我猜，所有在这里聆听到这词句的人全都在心里笑了，特别是当他们诵完了这两个句子，再抬头看一眼那座用“凤凰”命名的青山的时候，他们会笑得更有韵味。从这个意义上来讲，稼轩是为改善人们的不良情绪做出了贡献的人。

我为打从这个牌匾前经过的奔驰和宝马遗憾呢，它们跑得太快了！我分明看见稼轩的词从牌匾上冲出来，毅然地去追赶它们，却被它们不屑一顾地甩在了身后。

这座城市的人们啊，当你经过“文化路”，却没有被稼轩的词抚慰一下，我以为你是没福气的。

我有个师兄，常用手机短信为我默写古诗词，开心的时候写，烦恼的时候也写。当他把稼轩的这首《贺新郎》完整地默写给我时，我回复他说：“嘿！你和老辛联手完成了一项壮举——赋予我的手机以精魄。”

“我见青山多妩媚，料青山见我应如是。”当尘世的纷扰尘屑般落满你无辜的生命的时候，让这样明媚的句子掸走那恼人的忧烦。青山没有学会辜负。保有与青山对话的兴致是一种不浅的“艳福”。遣那个精神的自我端坐于远离尘嚣的风景中，叩山为钟，抚水为琴，揽一面妩媚的镜子，惊喜地在里面照见另一个妩媚。

我知道，只要我还会思想，忧悒就会时刻觊觎我。当忧悒来袭时，不论我置身何处，我都希望自己心灵的窗衔一脉青山，我引那个不期然丢失了笑容的自己伫立窗前，游我之目，骋我之怀，字正腔圆地一遍遍吟哦辛稼轩的妙词：“我见青山多妩媚，料青山见我应如是。”

取悦

我喜欢在人间的春天，看丁香开口、铃兰垂头。

九月底去张家港，朋友苦留我多住几日。“桂花马上就要开了呀！”他们说。仿佛我此行的使命就是去闻桂花香。我假装怨艾地说：“它不取悦我，我也懒得等它。”他们急了，说：“它晚开留人，正是取悦你呀！”

我想，如果“取悦”这个词有知，一定欢喜给人恰切地用在了这里。我们说过太多“取悦上司”“取悦异性”之类的话，我们几乎忘了我们与大自然之间原也是可以互相“取悦”的呀。

“我见青山多妩媚，料青山见我应如是。”初读这两句词，我竟以为老辛搞错了。一个写兵戎诗的大男人，居然矫情地说他眼里的青山和青山眼里的他都挺“妩媚”——“妩媚”这个词不是用来形容女性姿容美好的吗？你跟青山相互取悦，你俩就可以互夸“妩媚”了吗？后来，我看了一个诗人朋友一组写云南的诗，其中有诗句云“我向美丽圣洁的玉龙雪山抛了个笨拙的媚眼”，我笑出了眼泪。打电话问他：“你那个笨拙的媚眼换回了什么？”他笑答：“当然也是媚眼喽！”他的回答使我猛然体味到了辛词的妙处。是啊，当你怀了一颗取悦大自然的心热切地呈上自己的美意时，大自然也会以同样的美意回赠你。这等温柔时刻，还真是非“妩媚”不足以达意。

一个青海的同行问我：“去过青海吗？”我说：“去过。好喜欢青海湖的油菜花！都开到天上去了。”他说：“再去吧！我带你去看祁连山的油菜花。要是说青海湖的油菜花都开到天上去了，那祁连山的油菜花就是从天上掉下来的。”这两句闲谈，使我们成了很好的朋友。虽说我至今都不曾去看过那“从天上掉下来”的油菜花，但是，那被花取悦过的心儿以一个真诚的邀请姿势使我对那一片遥远的灿黄顿生好感。

浏览高一年级学生的习作，偶然读到了这样的句子：“我喜欢在人间的春天，看丁香开口、铃兰垂头……”一下子就对这个学生产生了浓厚兴趣。我跑到她所在的班级，喊出她的班主任，让他把那个锦心绣口的女孩指给我看。班主任惊问“发生了什么事情”，我笑着摆手，却在心里说：

“发生了一件很重要的事情呢！”做课间操的时候，我远远地看着女孩所在的班级，在穿了同样校服的学生中不懈地搜寻她。我问自己，我究竟想看到什么呢？莫非我指望着窥破那一颗盛满了芳菲花事的漂亮的心？我回答不上来，却因了在咫尺之遥有那样一个懂得仔细端详春天眉眼的女孩而莫名欢喜。或许她根本想不到用“取悦”这个词形容她与春天之间的这一次对视，但是，那美好事件确乎发生了。

一个美学家在偌大的报告厅里发问：“谁曾有过在星光之下‘纵一苇之所如，凌万顷之茫然’的人生体验？有的话请举手。”没有一个人举手。美学家说：“向往的人请举手。”呼啦啦，报告厅顿时成了手臂的森林。美学家又说：“有多少人愿意把这么简单的向往带进坟墓？又有多少人必定把这么简单的向往带进坟墓？这些问题，人家以后慢慢用行动去回答吧。”

青山、花朵、星光、江河，为了取悦我们，万年不凋美色；而我们，只堪在开口的丁香前聆听一句馥郁花语，就颓然老去。

从明天开始，做一个懂得取悦的人——揖青山以为友，邀花香以为伴，撷星光以为眼，挽江河以为带。埋殡漠然与忽略，重拾种种堕地染尘的“妩媚”，在大自然母性的柔光里，让我们孤苦的灵魂得救吧。

浇花

这个世界上原先被她忽略的花儿可真叫多！

阳台上的双色杜鹃开花了，终日里，妖娆的红色与雅洁的白色争艳，静静的阳台显得喧嚷起来。

妈妈提来喷壶，哼着歌子给花儿浇水。她在看花儿的时候，眼里漾着笑，她相信花儿能读懂她这份好感，她还相信花儿会在她的笑影里开得更欢——她用清水、微笑和歌声来浇花。

儿子也学着妈妈的样子，拎了喷壶来给花儿浇水——呵呵，小小一个男孩子，竟也如此懂得怜香！

一天，妈妈仔细端详她的花儿，发现植株的旁侧生着几株茁壮的杂草。她笑了，在心里对那杂草说："几天没搭理你们，偷偷长这么高了？想跟我的杜鹃抢春光，你们的资质差了点！"这样想着，俯下身子，拔除了那杂草。

儿子回到家来，兴冲冲地拎了喷壶，又要给花儿浇水。但当他跑到阳台上，却忍不住哭叫起来：“妈妈，妈妈，我的花儿哪去了？”

听到哭闹声，妈妈一愣，心说：莫非杜鹃插翅飞走了？待她跑过来，却发现杜鹃举着笑脸，开得好好的。妈妈于是说：“宝儿，这花儿不在这儿吗？”

儿子哭得更厉害了：“呜呜……那是你的花儿！我的花儿没有了！”

妈妈见儿子绝望地指着原先长草的地方，顿时就明白了，说：“宝儿，那哪儿是花儿呀？那是草，是妨碍花儿生长的杂草！妈妈把它拔掉了。”

不想儿子却说：“我天天浇我的花儿，它都开了两朵了！呜呜……”

妈妈疑惑地把那几株杂草从垃圾桶里翻拣出来，发现那蔫蔫的叫不上名的植物上确实开着两朵比叶片颜色稍浅的绿色小花儿。妈妈想说“这也配叫花儿，你看它们多丑哇”，但是，不知为什么，妈妈没有说，她的心温柔地动了一下，俯下身抱起了孩子。

“对不起，妈妈不该拔掉你的花儿。宝儿，你真可爱！妈妈要替这两朵小小的花儿好好谢谢你，谢谢你眼里有它们，谢谢你一直为它们浇水；妈妈还要替妈妈的花儿谢谢你，因为在你为你的小花儿浇水的时候，妈妈的花儿也沾了光！”

后来，妈妈惊讶地发现，这个世界上原先被她忽略的花儿可真叫多！柳树把自己的花儿编成一个个结实的绿色小穗，杨树用褐色的花儿模拟虫子逗人，狗尾草的花儿就是毛茸茸的一条“狗尾”，连蒺藜都顶着柔软精致的小花儿与春风逗弄……上帝爱他的花园，大概，他也会用清水、微笑和歌声来浇花吧！并且，他会和孩子一样，不会忽略掉哪怕是最不起眼的一株植物的一抹浅笑……

你可见过一朵丑陋的白云

让我们互相提醒，相约珍视每一个有云可看的日子。

“你可见过一朵丑陋的白云？”这是一个高中女生在她的作文中突然抛出的一个问题。她问得那么随意，甚至有点漫不经心，但是，这个隐藏在文字汪洋中的问题猛然击中了我。

我从厚厚的作文簿中欣然抬起头来，带着几分欢悦悄然自问：“我可见过一朵丑陋的白云？”

忆起儿时，见大人们指着天边说：“巧云！”——用“巧”来修饰“云”，这个词造得多棒啊！仿佛在夸说一个巧手姑娘的精美绣品。那天边的“巧云”，饶有兴味地模拟着凡间的万般景物，它们变幻的能耐，往往惊得你目瞪口呆。你刚看出一匹扬蹄狂奔的野马，一阵风来，野马幻化成一川流水；你刚看出一只凌空欲飞的老鹰，一阵风来，老鹰碎成一池锦鳞……

“纤云弄巧”，我爱上这个词时还不懂得《鹊桥仙》为何物，无端地，就特别喜欢在作文中使用这个词，只要一写出“纤云弄巧”，就觉得那轻俏的白云在头顶上曼妙地变幻着花样，引逗得一颗少年心莫名欢跳起来。

王冕说：“白云悠悠若无侣。”如果这个元代的放牛娃有机会在万米高空之上俯瞰一次白云，他还会这样认为吗？坐在飞机的舷窗旁，我愿意拿出整个空中旅程来看云。云之海，从脚下漫延到目力不及的远方，一朵一朵，挨挨挤挤，生了根一般，岿然不动。我让自己用挑剔的眼光比较着云们的丑俊、好歹，然而，我是多么徒劳啊！每一朵云都那么美，美得让人生出想要飞过去与之亲昵的痴念。

如果你驱车在草原上飞驰，你一定看到过这样一种奇幻的景观——天上的云一朵朵投影在无边的草原上，随着那云的飘动游移，硕大的绿毯变成了明暗交错、波浪翻滚的海洋。仿佛天上有一个伟大的灯光师，在孜孜不倦地追索着最佳的灯光效果。我们的车，就在这云影迷离的绿毯上穿行，心，也便在这云影里载沉载浮。我想，在我生活的城市里，云儿也是会慷慨投影的呀；遗憾的是，美丽的云影被那些跋扈的高楼撕破了，落到我身上的，是云的碎片……

十年前我写过这样一个句子："在这个喧闹的世界上，有许多事情真的并不比看云更重要。"隔着十年的烟尘，我可爱的女弟子轻盈地坐在我这个句子的投影里，向我抛出了这么有价值的一个问题："你可见过一朵丑陋的白云？"——孩子，让我们互相提醒，相约珍视每一个有云可看的日子，让我们共同追求这样一种幸福：在更多的白云上，留下自己心灵的屐痕。

青丝绕

你愿不愿意用精心的盘绕把一个无可避免的缺憾掩蔽得滴水不漏?

应邀参加昔日芳邻的金婚庆典，心情灿烂得如同这早春阳光。

依然是那一支欢乐激越的《婚礼进行曲》，依然是相爱的人儿轻挽着，在从天而降的玫瑰花瓣中款款踏上红毯。美酒染醉了笑靥，我相信所有的人都开始在那深情的啜饮中幸福地遥想自己的金婚殿堂。

我和身边的一个姐们儿几乎同时注意到了今天的“女一号”刘老师别致的发式。那是巧手梳成的美丽云髻，蓬松却不显凌乱，高耸却不觉夸饰。我身边的姐们儿悄声对我说：“啧啧，你看人家刘老师哪像 70 岁的人哪！知道吗？我们在背地里都管她叫‘资深美女’呢！她可会打扮了！你看她弄的这假发，一点都不像假的！”我说：“是啊。我认识一个人用的也是假发，顶上不分缝，还一根根支棱着，跟棕毛似的，要多难看有多难看。”我们将欣赏的目光重又投向被鲜花簇拥的刘老师，感觉她的假发简直让人不忍心指出那是假发。

刘老师来给我们敬酒了。我举着酒杯，目不转睛地盯着刘老师的头发看，直到身边的姐们儿捅了我一下，我才恍然意识到了自己的失态。待到刘老师到别的桌上去敬酒了，我一把揪住身边的姐们儿说：“我敢打赌，刘老师那不是假发！是真的！我看清楚了，绝对是真的！”

同桌的一个老阿姨“嗤”地笑出声来，说：“啥真的？你们刘老师的头发比我这头发还稀呢！”

——哼，我才不信！

金婚庆典即将结束的时候，刘老师又特意来到我们桌前跟那个老阿姨寒暄。那个老阿姨拉着刘老师的手让她坐在了自己身边，然后笑笑地说：“你知道吗？她们在这儿悄悄议论你的头发呢！你告诉她们，你这头发到底是真的还是假的？”

刘老师轻轻抚弄了一下自己的头发，微笑着说：“不全是真的，也不全是假的。说起我这头发，还有一段故事哩。我年轻的时候，不爱梳辫子，我母亲就告诉我说：‘你应该好生梳你的辫子，趁着头发还密实，梳几年辫子好好美美，等你一过 40 岁，头发就会大把大把脱落——你外婆是我的榜样，我就是你的榜样啊。’真是这样的，我们家族的女人，几乎都是一过 40 岁就开始大片脱发。我母亲 50 岁的时候，顶上的头发就已经特别稀疏了。我便听了我母亲的劝告，好生梳我的辫子。一想到 40 岁以后我的头发将不可阻挡地大把脱落，我就琢磨着该为那必然到来的一天提早做些什么。我于是把每天梳头掉下来的头发都理好了，存放在一个布袋子里。日久天长，竟存了满满一大袋子头发。后来，我的头发果真像我母亲所说的那样开始大片脱落了，我就托人给找了块黑色的海绵，又把这海绵裁成两个不同的圆环，一个大一些，一个小一些，然后，开始一根根地往那圆环上面绕头发，里层的绕得紧一些，外层的绕得松一些，每根头发再甩出一截稍儿，好用这毛茸茸的蓬松边儿遮盖头顶。就这样，我绕成了两个不同风格的发圈。一个朴素些，一个华丽些，两个轮换着戴，脏了还可以洗，最重要的是，因为都是自己的头发，戴在头上，不嫌恶，感觉特别美！你们猜我老头子怎么说？他说呀，一看见我戴上这发圈，就想起了我年轻时候的样子！”

刘老师说完，特意转过身子，向我们展示她漂亮的、足以乱真的发圈。看着那凝结着她的智与爱的美丽云髻，我似乎一下子参透了她不肯老去的秘密。是啊，生命的过程，说到底是一个不断丧失的过程。那曾经拥有的，又将不可遏抑地一一沦落。空空的手，抓不住流逝的岁月，一如抓不住飘零的青丝。你愿不愿意用精心的盘绕把一个无可避免的缺憾掩蔽得滴水不漏？你愿不愿意学着刘老师的样子，针尖挑土般地每日储存下一丝丝可供日后忆念的美妙光阴，再遣自己的心儿幸福地居住在那距离青春最近的地方？

舍我一些花籽儿

我要让你亲眼看看，我怎样成功偷得三平方米的夏天。

初秋真好。走在公园里，花还在热闹地开着呢，却有花籽成熟了。我喜欢哪种花，就径直去采摘那植株上的花籽，不用担心采错。

牵牛花我喜欢蓝色的，多年前在超市买过一包牵牛花种子，包装袋的图片上显示的分明是蓝色的花，可开出花来，却是玫红的，怨着那花不遂我愿，也怨着自己太善挑剔，就这样纠结了好几个月；现在好了，我在开着蓝色花朵的牵牛花蔓上采了上百颗种子，我听见它们争着抢着跟我说："这下你放心吧，我们保证都给你开出蓝色的花！"

那年春天，我在菜市场买了两包秋葵的种子，回家种了满满一阳台，我跟我家先生说："你信不信，等这些秋葵开花的时候，咱家的阳台将成为全楼最美的风景！”“秋葵”发芽了，长高了，绿屏风般，茂盛极了，只是迟迟不见有开花的迹象。公园里的秋葵早就开成花山了，俺家的秋葵却似乎忘了开花的使命。入秋了，一米来高的植株居然在顶部打了小花苞。我搬个小凳子，踩上去，端详那花苞，怎么看怎么不对劲，人家公园里的秋葵的花苞是圆形的，我家“秋葵”的花苞却是一个长长的绿色小穗。几天后，绿穗上开出花来，微白，小如米粒，细密排列。我知道自己买了“山寨秋葵”，却不清楚这被我精心伺候了好几个月的究竟是何等植物，心里这个闷啊！终于采下两片叶子，拿到学校给生物老师看，结果，生物老师也不认识，只是反复说“这叶子跟秋葵的叶子可真像啊”。拈着那两片叶子，要扔到垃圾箱，打扫垃圾的师傅看见了，问我道：“从哪里采的苏子叶啊？”我一听，大喜过望，遂俯身请教。老师傅说：“这东西结的子儿叫苏子，可以喂鸟；这叶子跟秋葵的叶子是有点像，可它有股清香味儿，人们吃烧烤时，拿它卷肉，可去油腻。”老天！我居然养了一阳台苏子！

有了“种错花”的经历，如今能够眼睁睁瞅着花朵、准确无误地采花籽，心里那个美、那个得意、那个解气啊！

我采了蓝色牵牛花的花籽，又采了粉色秋葵的花籽，还采了一些黄色草茉莉的花籽。当我去采红茑萝花籽的时候，碰上一个老园丁，他问我采这东西干吗用，我回答："种啊。"他笑了，说："这小贱花有啥种头？"我没有回答他，而是在心里问自己："你说你咋就这么近乎神经质地稀罕着这些'小贱花'呢？是因为她们亲切，还是因为她们皮实？或者就是因为你自己原本就是一朵跟大富大贵无缘的花呢？"

我是带着感恩的心采花籽的，边采边在心里说："谢谢你舍我一些花籽！"谢谁呢？谢天？谢地？谢植株？我说不太清，反正就是觉得该谢。

"保真"的花籽带给人踏实的欣悦。在一粒花籽上想象花开，既是现实主义，又是浪漫主义。

我家先生收拾出了一个三平方米左右的空调外机间，本想堆破烂用，我央他把这个空间送给我做花房，他慨允，却讥诮我道："整个一个农妇转世！又要种一花房苏子？"现在，我骄矜地揣着一裤袋大地馈赠的花籽，突然有了想法——我要让花房的北篱笆（刚刚网购的）上爬满蓝牵牛花，西篱笆上爬满红茑萝，再把所有空花盆都种满粉秋葵和黄茉莉。等大雪纷飞的时候，我家花房花开正盛。到时候，我或许会拉上老闺密，得意扬扬地跟她说："走，上我家的'袖珍花房'喝杯咖啡去！我要让你亲眼看看，我怎样成功偷得三平方米的夏天……"

“牡丹花水”

我在此生一次平凡的啜饮中感受到了震撼生命的不平凡。

坐在从兰州开往敦煌的旅游车上，一路不停地喝水。问自己怎么会这么渴，回答竟是，焦渴的大戈壁传染给了我难耐的焦渴。

导游王小姐是个锦心绣口的人儿。在讲当地的风土人情的时候，她说：“你随便到一户人家做客，人家就会把你奉为上宾，用‘牡丹花水’沏了八宝茶来款待你……”我问邻座的燕子，什么叫“牡丹花水”？燕子说她也不清楚。我只好凭空猜测——仿佛就是，妙玉给宝玉、黛玉沏茶用的“梅花雪水”吧？从梅花的蕊上小心翼翼地收集点点细雪，融成一掬冰莹蚀骨的柔水。这“牡丹花水”，说不定就是采的牡丹花瓣上的露水、雨水呢。这样想着，禁不住对那“牡丹花水”神往起来。

到了嘉峪关市，我们要用午餐。坐在餐桌边等着上菜的当儿，服务员来上茶了。导游王小姐笑着说：“虽说不是八宝茶，却是‘牡丹花水’，大家一路辛苦，请用茶吧！”我万分惊讶地站了起来，瞪大了眼睛看着就要亲口品尝到的“牡丹花水”。但是，不对呀！服务员居然拎了个寻常的铝壶，咕嘟嘟给大家倒着最寻常的茶水。我跟燕子嘀咕道：“开玩笑，这哪里会是‘牡丹花水’嘛！”燕子皱着眉头，一百个想不通的样子。终于，我忍无可忍地唤来了王小姐，问她：“难道，这真的就是你所说的‘牡丹花水’吗？”王小姐听罢“噗”地笑了。她盯着我问：“你以为‘牡丹花水’是什么神水仙水呀？“牡丹花水”是咱西北的老百姓对开水的一种形象叫法——你仔细观察过沸腾的水吗？在中心的位置，那翻滚着的部分，特别像一朵盛开的牡丹花。”

我“哦”了一声，双手捧住一只注满了“牡丹花水”的茶杯，眼与耳，顿时屏蔽了饭店中一切的嘈杂。

究竟是谁，在什么时候，怀着怎样的一种心情，给一壶滚沸的水起了这样一个俏丽无比的名字？世世代代，老天总忘了给这里捎来雨水。在茫茫的戈壁滩上，草活得那么苦，树活得那么苦，人活得那么苦。有一点浊水就很知足了，有一点冷水就很知足了，但，一个幸运的容器，竟有幸装了沸腾的清水！幸福的人盯着那水贪婪地看，他（她）想，噢，总得给这水一个昵称吧？叫什么好呢？抬头看一眼窗外，院里的牡丹花开得正好，那欣然释放着的繁丽生命，多像这壶中滚沸的水啊！——好了，就叫她“牡丹花水”吧。

我的心，在那一刻变得多么焦灼，竟恨不得立刻跑到饭店的操作间去看一眼从沸腾着的水的心中开出的那一朵世间最美丽、最独特的牡丹。这么久了，粗心的我一直忽略着身边最神奇的花开。我从一朵朵盛开的牡丹花旁走过，没有驻足，没有流连。是缺水的大西北给了我一个关乎水的珍贵提示，让我在此生一次平凡的啜饮中感受到了震撼生命的不平凡。

“牡丹花水”，“牡丹花水”，我反反复复默念着你的名字——一个让人心疼的名字，一个让人心暖的名字。人间烟火味里铺展着无尽的梦幻织锦，美好的感恩，由衷的赞颂，既素朴又华丽，既“农民”又“小资”。把所有对生活的祈愿都凝进这一声轻唤当中，让苦难凋零，让穷困走远——我的大西北，愿你守着一朵富丽的牡丹，吉祥平安，岁岁年年。

美丽的力量

让你的心儿变软、骨头变硬。

去年初冬在台北，正赶上“2010 台北国际花卉博览会”。在飘着桂花甜香气息的大街小巷，到处都能看到“花博会”的主题词——“美丽的力量”。五个彩色充满动感的汉字，头上绽放着花瓣烟花，看得人心旌都跟着摇曳起来。

回来翻看照片的时候，发现拍了太多以这个可爱的主题词为背景的照片，才知道，自己爱上了这五个灵动多彩的汉字。

今年春上应朋友阿芳之约，去洛阳看牡丹。当我随人潮痴痴地跌进美得让人心痛的牡丹花海时，我心里一下子跳出了在台北看到的那五个绽放着花瓣烟花的汉字——“美丽的力量”。

如果美丽没有潜藏着巨大的力量，她怎能将千里之外的我牵引到她的身旁？在我心中，一座城市有一个意象，大连是一朵浪花，衡阳是一声雁鸣，湛江是一树夹竹桃，而洛阳，自然是一朵千年不凋的妖娆牡丹。欧阳修说：“洛阳地脉花最宜，牡丹尤为天下奇。”在洛阳，我的心思全在牡丹上，看了一个园，还想再看个园。手里的纸扇上摇着牡丹，手机的壁纸上开着牡丹。吃了一席牡丹宴，作了十首牡丹诗。抱起一个牡丹花籽枕头，就舍不得放手，甚而至于到了机场，托运了所有行李，却不肯松开这个漂亮的枕头，搂着它，飞上万米高空。

阿芳对我说：“看了洛阳牡丹，你要是动不动还穿一身黑，就叫悟性差！”我悟性不差，回来后穿衣风格大变，真真迷恋上了色彩鲜丽的服装。——美丽的力量，征服起你来不啻爱情。

我喜欢那个真实的故事，一个外国人，来到九寨沟，看到那遗落在人间的美丽仙境，突然扑通跪倒在地，涕泪横流。我不晓得他是否会说“美丽的力量”这个词组，但我明白，他在被美丽击中的瞬间，慑服于她不可抗拒的伟大力量，身与心，顿时瘫软如泥、沉醉如酒。

在这个世界上，太多的人痴迷地相信着一种看不见的力量。知识、宗教、地位、权势、金钱……我不否认它们的力量。它们所给予心灵的救赎以及为空虚的生命注入的充盈感是这样真实地存在着，不容你忽视。但是，在这些之外，你有没有能力感觉到一种“美丽的力量”的存在呢？

我曾在看一部纪录片时多次流泪。那是雅克·贝汉等人花费四年多的时间拍摄的《迁徙的鸟》。美丽的鸟，在天空排成诗行，平平仄仄地飞翔。它们相约飞越大西洋，却不期然在途中遇到暴风雨。茫茫大海上，只有一艘孤独的轮船随巨浪起伏。无助的鸟儿们误将它认成了小岛，纷纷栖落于甲板，从容地梳理起了羽毛；有一只疲惫至极的鸟，索性卧下，将头埋到翼下，甜甜地进入了梦乡。在镜头之外，我想我看见了那在暴风雨中跟踪鸟儿的人，他们的飞机，成了迁徙的鸟群中特殊的一员。鸟儿们睡了，他们也不睡，他们在耐心地等待着羽毛干透的鸟儿同朝阳一道醒来……他们是在用生命的燃烧礼赞着“美丽的力量”。

看《迁徙的鸟》而不流泪的人，不配做我的朋友。

美丽的力量，是一种让你的心儿变软、骨头变硬的力量；美丽的力量，是一种让你愿意抛却怨艾、铭记恩泽的力量；美丽的力量，是一种让你勇于摒弃那个丑陋旧我、悉心培植纯美新我的力量。美丽的力量，是人人心中都适宜生长的一种可爱植物。看重它，培育它，欣赏它，让它成为你爱这世界的一个重要理由。

第七辑

疗愈

星云大师说：『唯有「给」，才有好因好缘。舍，看起来是给人，实际上是给自己。』

疗愈

假，比恶还恶，比丑更丑。

跑了几千里路，去听一名优秀教师的课。听完之后，大家齐唱赞歌。轮到我，我也真诚地唱了赞歌，但是，与他人不同的是，我提出了自己的两点意见—— 一处是硬伤，一处是对教法的探讨。讨论会结束后，亲密的同屋冲过来，悄声说：“天哪！你可真敢说……人家是多牛的老师啊……”她还没点评完我的点评，那位“牛老师”就冲我走过来了。他说：“张老师，你稍等一下，我马上过来。”我和同屋面面相觑，猜不到等来的将会是什么。我同屋的表情由刚才的惊异嗔怨转成了担忧同情。一会儿，“牛老师”回来了，手里拿着一本厚厚的书。他说：“张老师，谢谢你刚才的点评！我全部接受。这是我最近出版的一本书，已经签好名了，也留了电话，以后多联系啊！”回宾馆的路上，我的同屋说：

“打死我也猜不到他居然回去拿了一本书！”我说：“你以为他回去拿炸药包了吗？”

我对被听课人常说的一句话是：“听你一节课，我得送点礼。”我的礼，包装不太讨人欢喜，但是，我的礼忌讳廉价。我要将我全部的教育智慧压缩到这份礼中，送出去，要让人家掂出分量。我要用“真评课”惠人、立己——予人一方成长贴士，予己一份职业尊严。

不是每一个收礼者都有“牛老师”那样的襟怀与气度。当我把这份礼送给一名年轻教师时，她屈辱地哭了起来，然后开始在泪光中竭力为自己辩护。她说：“校长，你总说，身为一名老师，可以貌不如人、衣不如人、财不如人，但不能课不如人。我不愿意做那个课不如人的人……”我说：“不愿做课不如人的人，那就先从正视课不如人开始吧！”

课堂，是老师修行的道场啊！在这个道场中，容不得虚伪、敷衍、狂傲、圆滑、藏奸、护短。评课的时候，我愿意捧出一颗心，让它瞬间辨认出自己的同道抑或异己。

做真人，要从讲真课、真评课开始。我坚持认为，假，比恶还恶，比丑更丑。

我们怎能想象，立志做一名“治愈系教师”的人，他本人却讳疾忌医。我的经验告诉我，一个善于对自我的精神世界与专业能力苛刻检视的人，才有可能具备匡正他人行为、施与他人恩惠的能力。

在这个世界上，没有人能赠予别人自己不曾拥有的东西。你若想赠予他人阳光，那你就要率先成为太阳。

我曾有幸参观“双面绣”绣坊。带着少年时痴狂绣花的记忆，我走近了一名绣工。我问她：“能说说双面绣操作的技巧吗？”她说：“简单说，就是七个字：藏头、压尾、不刺透。”接下来，她开始为我演示这七个字。我明白了，所谓藏头，就是将线头藏没；所谓压尾，就是将线尾埋起；所谓不刺透，就是不刺破反面的绣线。我真真见识了什么叫“花随玉指添春色，鸟逐金针长羽毛”；而最最难得的是，双面绣不比普通绣品，它给人的是360度无死角的美丽！正面无瑕美，反面美无瑕！我想，这多像一个具备了治愈能力的教师，疗愈自我，疗愈他人。

喜舍

"唯有'给'，才有好因好缘。"

去石家庄公干，事情办得出奇地顺，凭空多出来一个晚上的时间，跟自己说：买本书看吧。

我便到楼下的小书店去选书。看到一本星云大师的《喜舍》，眼睛陡然亮了。翻书看时，发现内页有两处打眼的破损，便跟卖书的女孩说："帮我找本新的吧。"女孩抱歉地说："就剩这一本了。要不是有这两处破损，也早就卖出去了。不过，您仔细看看，虽说有破损，其实是不影响阅读的，两个洞洞都在空白处。"我笑问："可以打个折吗？"女孩说："对不起，我是为别人打工的，对任何一本书都没有打折的权力。"我按照标价，递给了她 20 元钱。

整个晚上，我都在虔心聆听大师的教诲。精警动心的语段，在本子上做了摘录；禅意氤氲的插图，用手机拍了照片；博大深邃的思想，入心生根，永生难忘。

书不厚，到23点，我已经全部看完了。“过河要拜桥”，遵从着星云大师的教导，掩卷之后，郑重将书捧于面前，恭敬地道了声谢。

第二天一早，吃过了早餐，我拿着那本书去找那个女孩。初升的太阳照在女孩青春姣好的脸上，看得人心生欢喜。正埋头拾掇书案的女孩一抬眼，看见了我，也看见了我手里拿着的那本书，她惶急地说：“我们卖出的书一律不退不换的。”我笑说：“我知道。我看完了这本书……”不等我把话讲完，她就抢着说：“看完了也不能退呀！谁买了书都会看完的，要是人人都看完了就退，我们的生意还怎么做呢？”我说：“看把你急得，你倒是听我把话说完呀。我是说，我看完了这本书，觉得非常棒；而你的书店里就剩下这一本书了，再有人想买，就买不到了。所以，我就把这本书送了回来。我首先推荐给你看，你看完了要是觉得好，还可以推荐给别人看——当然，如果你愿意，你还可以再把它卖给喜欢它的人。”女孩的眼睛越瞪越大。最后她说：“你心真好……不过，我可是一分钱都不能退给你呀！”我说：“我不要钱。至于我想要什么，你看完这本书就知道了。”

告别了女孩，我拖着拉杆箱走在骀荡的春风里，沿路是开得正盛的樱花。我忍不住地想：那个女孩，究竟会不会去那本书中寻找答案呢？当她读完了那本卖出去后又跑回来的书，她还会是原先的那个自己吗？她会不会像我一样，有生命摆脱匍匐后御风而飞的感觉？或者，她根本就不会去读那本书，单会痴痴地想：这究竟是一本怎样的书呢？作者到底在书中施了怎样的魔法，竟可以让一本定价 20 元的书卖出 40 元的好价钱……不管怎样，那女孩定是欢喜的吧？当她下班回到家，跟父母谈及此事，她的父母像听传奇一般听着女儿讲述发生在自己身上的美妙故事，他们的心，定然也是欢喜的吧？而这些欢喜的根芽，缘于我一早临窗梳妆时的一个小小的念头。我用“送书”这个举动为这本《喜舍》写了一篇不一样的“读后感”。我御风而飞的欢悦，无人能及。

亲爱的女孩，你找到星云大师给出的答案了吗？星云大师说：“唯有‘给’，才有好因好缘。舍，看起来是给人，实际上是给自己。”

佛心

在这个物质的世界上，并非只有“到达”才算得上真正的到达。

初秋时节，我与几个新结识的朋友一道从成都乘车去游览峨眉山。

我们乘坐的是一辆小面包车，一路上大家尽情欢笑。车上有一个叫叶子的小女孩，十分了得，很快就成了车上的中心人物。五岁的她，居然可以声情并茂地背诵李清照的《声声慢》。背诵完毕，掌声不息，妈妈便又让她背诵苏轼的《赤壁怀古》，但叶子说：“我没情绪背这首词。”大家哄笑起来。妈妈再强求，叶子便斜睨着妈妈说：“唉，你真不懂得孩子的心！”妈妈和其他人都笑翻了，但叶子不笑，很忧郁地看着车窗外面。

过了一会儿，叶子蹭到司机跟前，小声问他：“叔叔，后面那个小猴是你的吗？”大家见她这样问，便都回头去看——在后窗的一边，悬着一只小布猴，两条长长的手臂淘气地钩在窗框边上，身体随着车身的晃动来回摆个不停。司机说：“喜欢吗？喜欢就送给你啦！”叶子听了，连忙摆手说：“叔叔，我没有想要你的小猴子，我只是想动动它。”司机笑笑说：“动吧，我批准了。”叶子走到后窗边，爬上座位，摘下小猴，让它“坐”在了后排的椅背上，然后，舒了口气跟旁边的人说：“好了，换个姿势，它就不累了。”

安顿好了小布猴，叶子又蹭到了司机跟前，疑惑地指着汽车挡风玻璃上的一片片斑迹问司机：“叔叔，你的汽车玻璃是不是该擦了？”司机说：“你等着，叔叔这就擦给你看。”说着，司机打开了喷水装置和雨刮，很快就把玻璃上的污物清理干净了。但是，刚开了一小段路，玻璃上面就又污迹斑斑了。叶子问司机怎么这么快就脏了，司机说那不是脏，是车开得太快，一些飞行的小昆虫撞死在了玻璃上面。叶子“啊”了一声，伸长了脖子去看那些昆虫究竟是怎样“殉难”的。这时候，一个小蚂蚱样的东西，“咚”的一下撞在了玻璃上面，飞行的生命，登时变成了一摊红红黄黄的污迹。叶子看呆了。她带着哭腔央求司机说：“叔叔，你慢点开好吗？别撞死这么多的虫子！我们晚一点到峨眉山没有关系的。叔叔，求求你慢点开吧。”

临近中午的时候，我们到了峨眉山报国寺下面的停车场。大家徒步往寺院的方向走。初秋的天气，依然酷热难当。讲“方言”的知了在树上声嘶力竭地叫个不停，我们就在知了的鸣叫声中埋头赶路。这时候，我们当中有一位老先生不解地问导游：“这地上怎么这么多一截截的电线呀？”导游笑着说：“您真富有想象力呀！您再仔细看看那是电线吗？那是晒死的蚯蚓！峨眉山的蚯蚓特别多，也特别粗，人常说‘峨眉山的蚯蚓像腰带’。蚯蚓爬到水泥路面上来，这么毒的太阳，还不很快就给晒成‘电线’啦！”大家听罢笑起来。过了一会儿，突然听到落在队伍后面的叶子尖声哭叫，大家纷纷跑过去，惊问原委。叶子扎在妈妈怀里，泣不成声。叶子妈妈却不停地笑。她说：“叶子在路上看到一条蚯蚓，怕它晒死，就勇敢地捏起了它，把它扔进了草地里。但不知怎么的，扔完了就吓哭了——哭成这样！”

到了报国寺，大家纷纷用自己喜欢的方式去礼佛了。我一颗虔敬的心，却不由朝向了小小的叶子。一路上，她让我通过她明亮的眼睛，看到了尘世间最真的温情和最美的怜爱——让一只布猴坐得更舒服一些，让布制的心脏也感觉到人寰的温暖；给小虫子一个放心飞行的空间，让它们无忧无虑地做完一个纯真的梦；把迷路的蚯蚓送回家，就算害怕了，也要在害怕到来之前完成自己必然的壮举……佛，把一颗大慈大悲的心安放在了一个小小的胸腔里面，让它带动起原本冷漠麻木的心生动地飞翔。愚钝的人终于明了，在这个物质的世界上，并非只有“到达”才算得上真正的到达，途程遥迢，但到达的意义无处不在。终极的眼神，将神韵赋予了沿途的每一汪清泉、每一方湖泊。借着一种无比神奇的昭示，我的心登时飞临金顶，在佛光的辉映之下，升腾，升腾……

摘棉花

花开天下暖，花落天下寒。

坐在去石家庄的汽车上，透过车窗看到外面一大片棉花地，白花花的棉花一朵朵从“棉花碗儿”里膨出来，由不得想，这是谁家的棉花？怎么还不摘呢？再不摘就开“大”了啊！这个想法一冒出来，竟满心焦灼，恨不得喊司机停车，奔到棉花地里，帮人家摘了那棉花。

长这么大，我只摘过一回棉花，却独自回味过一万回。那一年，我刚上初中，在一个叫南旺的村子里，哭着喊着要表姐带我去摘棉花。表姐拗不过，便带我去了。秋阳之下，好一片望不到边的棉海！在地头，表姐为我在腰间系了块蓝白格子的包袱皮儿，贴腰的那面勒得紧，外面则松松地张了个口，以便往里面装棉花。表姐腰间也系块同样的包袱皮儿，边摘棉花边为我讲解摘棉花的要领：下手要准，抠得要净，棉花碗儿里不能丢“棉花根儿”。我一一记下，心说，这不忒简单了！开始摘了，手却笨笨的，一摘就把棉絮抻得老长，棉花碗儿里还丢了不少的棉花根儿。为了摘干净，我不得不用左手牢牢托住棉花碗儿，右手一点点抠棉花根儿。表姐看我摘得拙，笑死了，跑过来为我示范：眼到手到，左右开弓，同时摘两朵棉花，指尖像带了钩儿一样，轻轻一抠，棉花碗儿就溜光地见了底儿；双手各存了四五朵棉花后才一并塞进包袱……不一会儿，表姐的包袱就鼓起来了，怀孕一般，拿手托着包袱底，腆着肚子回到地头，把一包袱棉花倒进一个大包袱皮儿里，轻了身回来继续摘……整个半晌，我光顾得叫唤“这朵棉花大”“那朵棉花美”了，收工时竟没有摘满一包袱棉花，手却被扎得稀烂。

离开那片棉田许多年后，我依然会做摘棉花的梦。我梦见自己弹钢琴般地弹着洁白的云朵，手指如飞地采摘着棉花。我腰间的包袱鼓鼓的，怀孕一般。即便从梦中醒来，我还会意犹未尽地缩在被窝里模拟摘棉花，鹰爪一样蜷了十指，试图一次钩净冥冥中那黏附在碗底儿的棉花根儿。我自信通过醒时梦时恁般不懈演练，我的摘棉花技术定然已是突飞猛进，真盼着有机会再跟我那牛表姐较量一番。

我的表姐却着实攥牢了我的把柄，只要一见着我，不管当着多少人的面，立刻活灵活现地向大家表演我一手托着棉花碗儿、一手抠棉花根儿的丑态。那庄稼把式们看了，无不解恨地冲着我狂笑，臊得我抓起一把瓜子，稀里哗啦地扬到表姐身上。

在远离棉田的地方，我操作着电脑，带一群美术生欣赏齐白石的画作。讲到《棉花》时，我动情地说："你们可以忘掉今天的课，甚至可以忘掉我，但是，我拜托你们一定要记住齐白石这幅《棉花》的题款——'花开天下暖，花落天下寒'。在这个世界上，能画棉花的人很多，能说出这个妙语的却唯有齐白石。在我看来，只有一个真正懂得感恩的人才能对棉花唱出这么美妙的赞歌。棉花，是一种站在穷人立场上对严寒大声说'不'的花，是一个还没有学会涂脂抹粉的乡下女孩儿，是大地献给人类的至宝。"

一位母亲带着她的儿子去乡下，回来告诉我说："我儿子摘了一朵棉花，举到我面前说，妈妈，我敢肯定，它是纯棉的！"我跟了一声笑，又蹙了一下眉。想起"的确良"刚面市的时候，我多么钟爱这种跟棉无关的神奇织物啊！穿了一件豆绿色的的确良绣花上衣，美得不行。学校让搬砖，我把一摞红砖远远地端离了新衣，吃力地趔着走。偏偏班主任是个"X光"眼，一眼就看穿了我惜衣心切，伊的刀子嘴便派上了用场，在班会上对我百般奚落……的确良被丢在了岁月的辙痕里，今天的我多么迷恋纯棉。一想到身上的丝丝缕缕原是田间一朵朵被阳光喂得饱饱的花，心中就涨满暖意。

一次跟儿子打越洋电话，我说心情差。他说："去旅游吧，山水最能抚慰人。"我说："我怎么突然就理解你三舅姥爷了，他心里一难受，就从广州飞回老家，跑到谷子地里去，跟谷子们说话儿。"儿子笑起来："哟，老妈，莫不是你起了归农之意？"

嗯，反正要是能让我甭管到谁家的地里去摘上半晌棉花，我会乐。

补口红

生活是两片苦难的唇。

和朋友一起看电视，看记者采访一个来自地震灾区的女孩。那女孩很漂亮。她说地震震垮了她家的房屋，不得已，她和受伤的父母一起来这座城市投奔她的舅舅……朋友眼尖，一眼就看出那电视里的女孩涂了口红。她说：“哼哼，家都震没了，老爸老妈都砸伤了，她居然还有心思涂口红！”我立刻反驳道：“我可不这么看！家园可以残破，家人可以受伤，但爱世界的心情什么时候都不会打折！——你想想看，这需要何等的勇气、何等的修炼啊！实话告诉你吧，我不可救药地喜欢上了这个涂了口红的女孩！”

大灾之后，我曾被那些素颜赈灾、素颜义演、素颜义卖的女明星感动得涕泪横流，我愿意收藏她们那至美的“素颜时刻”，愿意从这个时刻里挖掘那超越了她们完美妆容的大爱与大美；我也喜欢这个大灾之后还有心思涂口红的女孩，那口红恰如一句美妙的提示语，告诉我，告诉世界，这个女孩对生命的挚爱和对生活的热望没有被震垮！

32 年前的唐山大地震，造成了 3817 人截瘫。在这 3817 人当中，有一位曾在陆军 72 师当过文艺兵的俊俏女子，她高位截瘫，生命被罚永远与轮椅为伴。但是，她歌唱，她绘画，她写作——她到中央电视台与田华同台演出，她举办个人画展，她结集出版了 30 万字的散文集《焦竹听雨》。每次见到她，我都会觉得眼前一亮。美丽的妆容，是她送给世界的美好祝福。不管生活怎样虐待她，她都报之以感恩的微笑。她今年已经五十多岁了，无论在什么场合见到她，她都涂着鲜亮亮的口红。站在她的轮椅旁，我常不由得悄悄检点起自己的梳妆，我会因了出门前没有认真勾描眼线而突然羞惭起来。真的，就算世界不为我们的妆容打分，我们也不该心安理得地向世界呈现一份灰颓、一份黯淡。

看过一篇博文，是说一个女子的闺中密友出车祸成了植物人，这个女子受到心灵重创，成了“植物人第二”，终日不思茶饭，无心粉黛。朋友们来劝她，她反笑朋友多事，说：“真有意思，我哪里会有什么心理障碍啊！好姐妹出车祸的事，我早就抛到脑后了。”大家明明知道她在嘴硬，却又不忍心说穿，只好暗暗陪着她揪心。时间过去很久了，一天，朋友请这个“植物人第二”吃饭，饭毕，她居然泰然地掀开了化妆盒，认真地补起了口红。朋友这才长长地出了一口气，知道她的心已然复活。

生活是两片苦难的唇，爱她的人总愿意怀了炽烈的爱去为她涂上一些美丽的口红。但是，再精心的涂抹也难以阻挡那美丽色彩的流失。风来蚀它，雨来侵它，始料不及的灾难时时都在觊觎它。当最初的美艳被粗暴地劫持，当残存的口红只能够诉说生活的尴尬与苍凉，让我们迎着光，从容地掀开化妆盒，认真地补一补口红，将残妆修饰成又一轮完美。

可依靠的人

生活本身比所有挖空心思的浪漫揣想都更迷人。

郭老师高烧不退。经透视发现胸部有一个拳头大小的阴影，怀疑是肿瘤。

同事们纷纷去医院探视。回来的人说："有一个女的，叫王端，特地从北京赶到唐山来看郭老师，不知是郭老师的什么人。"又有人说："那个叫王端的可真够意思，一天到晚守在郭老师的病床前，喂水喂药端便盆，看样子跟郭老师可不是一般关系呀。"就这样，去医院探视的人几乎每天都能带来一些关于王端的花絮，不是说她头碰头给郭老师试体温，就是说她背着人默默流泪，更有人讲了一件令人不可思议的奇事，说郭老师和王端一人拿着一根筷子敲饭盒玩，王端敲几下，郭老师就敲几下，敲着敲着，两个人就神经兮兮地又哭又笑。心细的人还发现，对于王端和郭老师之间所发生的一切，郭老师的爱人居然没有表现出一丝一毫的醋意。于是，就有人毫不掩饰地艳羡起郭老师的“齐人之福”来。

十几天后，郭老师的病得到了确诊，肿瘤的说法被排除。不久，郭老师就喜气洋洋地回来上班了。

有人问起了王端的事。

郭老师说：“王端是我以前的邻居。大地震的时候，王端被埋在了废墟下面，大块的楼板在上面一层层压着，王端在下面哭。邻居们找来木棒铁棍撬那楼板，可说什么也撬不动，就说等着用吊车吊吧。王端在下面哭得嗓子都哑了——她怕呀，她父母的尸体就在她的身边。天黑了，人们纷纷谣传大地要塌陷，于是就都抢着去占铁轨。只有我没动。我家就我一个人活着出来了，我把王端看成了可依靠的人，就像王端依靠我一样。我对着楼板的空隙冲下面喊：‘王端，天黑了，我在上面跟你做伴，你不要怕呀……现在，咱俩一人找一块砖头，你在下面敲，我在上面敲，你敲几下，我就敲几下——好，开始吧。’她敲当当，我便也敲当当，她敲当当当，我便也敲当当当……渐渐地，下面的声音弱了，断了，我也迷迷瞪瞪地睡去。不知过了多长时间，下面的敲击声又突然响起，我慌忙捡起一块砖头，回应着那求救般的声音，王端颤颤地喊着我的名字，激动得哭起来。第二天，吊车来了，王端得救了——那一年，王端 11 岁，我 19 岁。”

女同事们鼻子有些酸，男同事们一声不吭地抽烟。在这一份莹洁无瑕的生死情谊面前，人们为一粒打从自己庸常的心空无端飘落下来的尘埃而感到汗颜，也就在这短短一瞬间，大家倏然明了：生活本身比所有挖空心思的浪漫揣想都更迷人。

将你衔走

我会立刻盛开给你看。

不止一次来过大连海洋公园。这次来，几乎是直奔让我惦念的海象。

那不是一种俊美的海洋动物。它体态庞大，看上去拙而丑，像一只放大了上万倍的灰褐色的蛹。它没有像讨人喜欢的白鲸那样的福分，有资格住在超豪华的巨大水箱里，一天到晚举着一张据说是“微笑”的脸自在戏水。这两只悲惨的海象，住在小到仅容转身的“迷你”水箱中，愤懑地游来游去。

我索性蹲下来，看它们游泳。

今天，它们似乎商量好了：公海象卧在水底休息，腾出足够的空间供母海象做运动。那只母海象稍一发力，不出一秒钟的工夫，就触到左边的箱壁了，它只好一个打挺翻过来仰泳，不出一秒钟的工夫，又碰到右边的箱壁了。这个局促的小小空间，仿佛就是为了让它戒掉“水中散步”的嗜好而特意打造的……去年，一个在北京打工的亲戚说他租到了一间“胶囊房”。头一回听到这个名字，我心里咯噔一下，当下就琢磨：谁这么善于命名？“胶囊房”，形象得让人心中泛起了比胶囊“内容物”还苦的苦味啊。眼前的这两只海象，不也相当于住在“胶囊房”中了吗？真想问问它们：梦到过海洋吗？那让你无论怎样畅游都不会碰壁的蔚蓝色海洋啊……

在来海洋公园的路上，一个同行者问导游：“怎么看不见你们大连的女骑警呢？”善言的导游苦笑着说：“我们的女骑警安然无恙，有恙的是那些马。那些马，就算天天戴着护腿、吃着钙片也挡不住腿关节出毛病。原因找了一大堆，有人说这些马太老了，有人说这些马太娇气了。权威兽医给出的答案是，因为水泥路面太硬了，一点弹性都没有，那可怜的马腿，就是生生让这硬死人的水泥地给戳伤的……”

我想，更重的伤，应该在它们的心里吧！这草原的浪漫情人，用轻巧的蹄子踏着草香与花香，风中扬起美丽的鬣鬃，夕阳下站成绝佳的剪影，那才是真正属于它们的生活啊。当它们来到灯红酒绿的城市，它们的面前就只剩下了走也走不到尽头的水泥路。它们想过出逃吗？

我有一个爱诗的学生，写了多年的诗也不见长进。就在我对她几乎绝望的时候，她写了几行让我对她刮目相看的诗，她写道：

我的车啊
快将我从钢筋水泥的
棺椁中衔走
随便丢到
哪一片春意氤氲的田野
我会立刻盛开
给你看

读这样的好诗，我会忍不住将自己放进去，将自己的爱放进去。我自怜地问：我的盛开，我们的盛开，正被谁一次次凶蛮地劫持？

看着愦懑的海象，我的心有了一种压榨感；想着不幸的马儿，我的腿竟也隐隐作痛起来。我不明白，为什么“抑郁”这个词突然有了可怕的普世性。海象与马，都是智商很高的动物，我战战兢兢地寻思，大概，聪明的它们也难免“抑郁”吧？“抑郁”的时候需要服用“百忧解”吗？为它们做“心理按摩”的医生在哪里？

在我替海象思念海洋的时候，在我替马儿思念草原的时候，我自己被抛弃在了哪一阵风中？我步了谁的后尘，惴惴地用“适应”泡了壶茶，却每每喝出“不适应”的况味。我们都回不去了吗？

能将我们衔走的，除了梦想，还有什么？

浸透生命的草香

苦苦追寻那个灵魂漂泊无定的自我。

一对父女在德国一所大学的校园里散步。突然，父亲异常兴奋地告诉女儿说，他闻到了草香！与他们老家内蒙古草原的草一样的香啊！

父女俩便被那不寻常的草香牵引着，朝着那芳香浓郁的地方一路走去，最后，他们看到了正在草坪上工作的割草机。

父亲问女儿，可还记得儿时在内蒙古草原上闻到的那草香？来自台湾的女儿懵懂地摇头。虽说她长到五岁的时候，还一直说蒙古语，但是，草香在她的记忆中却已了然无痕。

她说：真是奇怪了，台湾的草怎么就一点也不香呢？

后来，已届中年的她终于回到了魂牵梦萦的内蒙古大草原。当她走上绿毯般的草地，一股久违的草香扑面而来。她儿时的记忆陡然复活，德国校园里的草香也殷勤地赶来文饰了她真实的梦境。一时间，她醉在了那无与伦比的清香当中。

她仔细地观察，费心地猜度，试图弄明白究竟是什么原因使得德国校园里的青草与内蒙古大草原的青草有了同样的气息。

猛然间，她猜透了个中原因。

原来，世间几乎所有的草都是没有特殊气味的，只有当它被割断、折断的时候，它才会散发出一种特有的香气。无疑，德国校园里的草香是割草机“制造”出来的，而内蒙古大草原上的草香又是怎么回事呢？那是因为草原上的草无处不在，所有的鞋子都休想躲开那些草，人一踏到草上，一些薄荷啦、薰衣草啦等植物的枝叶就被轻轻折断，那气味就从断口上散发出来，淡淡的草香便影子一般跟定了每一个在草原上行走的人，染香你的鞋，染香你的衣，染香你的心事……

——讲这故事的是台湾诗人席慕蓉。容貌酷似父亲的她，一边讲一边垂泪。她对采访她的曹可凡说：“真是对不起，我一讲到这些就忍不住流泪。”

席慕蓉又提到了她小时候唱过的一首儿歌：“一二三四五六七，我的朋友在哪里？在南京，在上海，我的朋友在这里。”一转眼，她的女儿也到了唱儿歌的年龄，那儿歌却变成了：“一二三四五六七，我的朋友在哪里？在台北，在新竹，我的朋友在这里。”讲到这里，席慕蓉的泪水又涌了上来，只是不再是默默地流淌，而是变成了一无顾忌的抽噎了。

眉上锁着太多家国忧患的席慕蓉是那样迷恋赐予她生命的大草原啊！我读过席慕蓉评论蒙古族作家鲍尔吉·原野的一篇文章，她浓重的“草原情结”让人觉得煞是不可思议，让人觉得她恨不得把鲍尔吉·原野笔下乌云高娃、鲍尔金娜、阿斯汉等这些打着鲜明蒙古族戳记的人一口吞下去才解渴。

席慕蓉苦苦追寻草香，其实也是在苦苦追寻那个灵魂漂泊无定的自我吧？她不也是被命运强行折断的一茎青草吗？借断口处的泪水说出一个无比苦涩的句子，用一缕微弱的香气眷顾轻抚生她养她的土地。灵魂的刀口，以永不结痂的愚顽提醒自己遥迢的来路和不肯瞑目的祈望。

我所在处，皆是中国。一滴乡愁，滴在多情的宣纸上，一洇，就洇出了一个草香四溢的大草原。

纸灰飞作白蝴蝶

家里很好，不必惦念。

一

好冷，这个日子。

冷的天，冷的雨，冷的吃食。

儿时，在冀中老家，在那个叫南旺的小村，我只知道有“寒食节”，不知道有“清明节”。姥姥说：“寒食节不兴烧火的，要吃冷饭。”我不解，问为什么。姥姥说：“老辈子留下的规矩，小孩子别多嘴多舌。”话是这样讲，可姥姥总是鬼鬼祟祟地生火做饭，她自语道：“……小孩子不能吃太凉。”姥爷率领一家大小，浩浩荡荡地去坟圈烧纸，场面颇壮观。在一个看起来跟别的坟头毫无区别的坟前，姥爷笃定地跪倒，大家也便跟着呼啦啦跪倒。纸钱点燃的瞬间，姥姥、姥爷齐声喊道：“爹，收钱吧；娘，收钱吧。”我们小孩子什么也不说，就眼巴巴盼着纸钱快些烧完，烧完了，那些鸡蛋、饼干之类的“贡飨”就可以分而食之了。仪式一结束，追逐打闹就不再犯忌，我们在野地里疯跑，每个人的鞋上、裤上都沾满了黄土。

后来，姥爷就被这个坟圈吞了；再后来，姥姥也被这个坟圈吞了。每年寒食节，我去烧纸，在看起来那么相似的坟堆中，我总是一下子就能找到我要找的那个。

二

晨起，怅然。我跟母亲说：“我梦见捡了很多钱——很多。”

母亲说：“梦见捡钱，那是你前世的亲人在给你烧纸呢。”我惊呆了。我前世的亲人？我前世的亲人在哪里呢？他们怎么会这么惦念我？不年不节，突然就给我捎来了这么多的钱。我前世是一个怎样的人？那个“我”，过得幸福吗？“我”走的时候，那场泪雨究竟有多大？“我”带走的，到底是一个怎样的称谓——女儿？妻子？母亲？祖母……想着想着，泪水就悄然滚落下来。我在意念中紧紧抱住了另一个“我”，跟她说：“我可以哭，你不要哭。”

今天，我依然会梦见捡钱，捡很多钱。为了冥冥之中的这一份深沉的牵念与祝祷，我一遍遍叮嘱自己——好好活。

三

《坟》，这是鲁迅先生一本杂文集的名字。第一次在三妗子那里看到它，心里好不“硌硬”—— 一本书，叫个啥不好？偏偏叫“坟”！

小孩子差不多都是恐坟的。我在田村读初中的时候，上下学要路过一片坟地。坟地里长满了被当地人称作“打破碗”的花。据说，“打破碗”花是一种极其“背兴”的花，不小心踩了它，必须跺脚三下，方可去除霉运。清楚地记得，班里两个女生鼾架，其中一个居然歹毒地骂道：“让你们家炕上长满‘打破碗’花！”——老天爷！这句咒语，简直就是原子弹级的了！

说不清从什么时候开始，我不再惧怕那些“土馒头”了。去年给父亲扫墓，从容地焚了纸钱，攒了坟尖，嗅着新鲜泥土的气息，掐了一大把“打破碗”花，靠坟坐了，独自把玩。终于知晓了它的学名——乳浆大戟。暗淡的天光下，我举着一大把乳浆大戟，在心里跟最喜在人前背诵《黄帝内经》的父亲说：喜欢吗？据说，它有利尿消肿、拔毒止痒的功效呢。

四

唐山的清明节前后，所有十字路口，都能看到一堆堆纸灰。

1976 年 7 月 28 日凌晨 3 时 42 分，24 万生灵顷刻烟灭。罹难者多是就近草葬，无坟无冢。清明时节，焚纸的人们不约而同地选定了十字路口，大概是觉得这里四通八达，便于亲人找寻。

2008 年 7 月 28 日，唐山地震纪念墙落成。500 米长的黑色大理石墙体上，密密麻麻刻着二十多万地震遇难者的姓名。至此，生者泣血的思念才算有了一个确切的落点。一年 365 天，墙下鲜花不断；墙上，有的名字被鲜花框起，有的名字被鲜花覆盖。朋友拍过一张照片，是一个丢了一条腿的男人架着拐来地震纪念墙前献花的侧影，看一眼，泪水顷刻决堤……每当脚步将我带到这里，每当被二十多万个姓名聚焦凝视，我都会轻轻战栗。我不能不自觉地埋殡一个旧我，化生一个新我。

2013 年春天，我陪同大连的朋友们瞻仰地震纪念墙。来到这堵黑色的墙前，我说："各位，抱歉！请等我一下。"我独自跑到第三 B 区，找到 3-993 陈俊荣的名字，双手合十，恭立默祷……待我回到朋友们身边，他们问我："去干吗了？"我说："跟我婆婆说了句话，告诉她说：家里很好，不必惦念。"

惠我良多

这四个字一旦出口，美丽的花朵将会次第绽放。

“惠我良多”——这是我在台湾“爱心第二春文教基金会”总部看到的一面锦旗上绣的字。只一眼，就不可救药地喜欢上了它，举着相机，变换角度，一连拍了数张照片。

我所拜谒的这位拥有着“惠我良多”锦旗的主人，离职赋闲后，跑了一趟大西北。在那里，他为一件事犯了愁——那些衣衫破旧的孩子，营养怕是不够的吧？忧心忡忡的他，回去后就申请启动了“一个孩子一个蛋”计划。他要为每个小学生每天提供一枚煮熟的鸡蛋，用以增加孩子的营养。我站在一张中国地图前，饶有兴味地触摸西北部那片醒目的彩色图钉。发起者告诉我，不同颜色表示不同年份开始受益的区域。他又说，当他走到受益孩子中间，孩子们争先恐后地叫他“鸡蛋爷爷”！有个孩子天真地向他汇报：鸡蛋爷爷，昨天学校发的鸡蛋我没舍得吃，拿回家给奶奶吃了……“鸡蛋爷爷”这个称谓，大概就是孩子口中的“惠我良多”了吧？在不会说“惠我良多”的年龄，孩子接受了一份恩惠；我多么希望，待到孩子长大，待到他长到会说“惠我良多”的年龄，他也能想到制这样一面锦旗，亲自送到恩人手上。

“这么大一片彩色图钉，一个孩子一个蛋，每年要吃多少蛋啊？”这个问题，是一个同行者小心翼翼问出的。发起者笑着回答说：“光凭我个人的力量是远远不够的，好在有越来越多的爱心人士加入了‘捐蛋’队伍。有个退役老兵，每天拖着条残腿去菜市场卖鱼卖虾，赚了钱，乐意拿出一些给孩子‘捐蛋’，老兵说，把钱捐到这里，肯定是最正确的！我想，这个捐助者，老，残，苦，累，每天隐匿在嘈杂混乱、泥水飞溅的菜市场，他该有多少理由紧紧攥住自己那散发着鱼腥味儿的一沓零钞啊！但是，他拿出了，开心地拿出了。我愿意在心里替那些吃到了他所捐出的鸡蛋的孩子说一声：惠我良多。

接到一只瘦骨嶙峋的手递过来的一张名片，姓名上方赫然写着“终身义工”。接到这样的名片，我突然缩回了欲要掏名片的手。我羞愧地想，与这张名片相比，我的名片上印了多少不值得印的文字啊！“终身义工”，还有比这更荣耀的“职称”“职务”“荣誉称号”吗？在颐养天年的年纪，却甘愿跑到这里来打一份分文不取的工，这个人的心中，该装着多么富丽的风景啊！请允许我在心中替那些她终日为之奔忙的孩子说一句：惠我良多。

为什么我偏在这样的时刻忆起那个故事——我的一个拐弯朋友，生意做大了，拿出大把钞票资助某大学寒门学子。一次他去那个城市出差，热心地召集资助对象出来吃顿饭。他让他们点菜，他们点了龙虾；他问他们还有什么困难需要帮忙，他们说，资助金能不能再给加点，因为物价上涨得太厉害了。他说：“不瞒各位说，这顿饭，硬是把我吃出泪来了呀！”我骂自己，你真是犯贱！不过，咱以后长记性，不再犯贱了总行了吧……我同情地看着盛怒的他，同情地想着那些可怜的大学生。如果可能，我多么愿意跟那些大学生一起逆着时光的流水回到那个聚餐的晚上，我会向他们提议说，来，同学们，咱们一起动手做一面锦旗吧，上面就写“惠我良多”。

我想，施惠者可能压根儿没有想到要用善举去赚取这四个字，但是，受惠者应该而且需要说出这四个字。这四个字一旦出口，美丽的花朵将会次第绽放：你施恩，我感恩；你付出，我铭记；你期许，我努力；你领跑，我跟上……有福领受的人啊，学会给那无私的施与者打个红对钩吧！他不欠你什么，他为安放自己那颗善良的心而情愿为你奔忙，可你总不能拿他给你的“好”制成利器，再回过头去伤害那“好”啊！须知，当那“好”一次次被刺痛的时候，“歹”就有机会盘算着主宰这世界了。

在上面的故事中，任何人，大概都可以找到自己的影子吧。世界上，哪有真正意义的“看客”？鸡蛋爷爷、残腿老兵、终身义工、领鸡蛋者、送锦旗者、受锦旗者、点龙虾者、捐出泪者……你是他们中的哪一个？

美丽的心灵

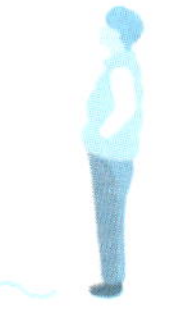

有的人，在“死”了之后本还可以继续“活”下去。

一

我们一行人去欧洲访问。团里有一位王先生给我留下了极其深刻的印象。为了显得精神，出国前，他特意染了发。由于染膏质量不好，他抱怨说头发脱色厉害，但他想得很周到，随身带了一块大枕巾，睡觉的时候拿别针把枕巾别好，一点也不会染污异国的枕头。有人跟他开玩笑说：王兄，你可真注意国际影响啊！他说：我怕给人家弄脏了枕头，怕人家说，瞧，这就是中国人枕过的枕头。

为我们驾车的是一个德国人，名叫“海瑞”。海瑞表情严肃，做事刻板，我们都不太喜欢他，连导游都跟他处得不甚愉快。海瑞显然察觉出了自己的不受欢迎，途中休息的时候，便总是一个人躲得远远的，独自抽烟。相处了整整一周，就要分手了，大家礼节性地跟海瑞拉拉手，说声“拜拜”就算告别了，唯有王先生，郑重地握住海瑞的手，咕噜了一串我们谁也没听懂的话。海瑞听了，居然咧开嘴傻乎乎地笑个没完。事后我们问王先生：“你跟那个海瑞说了什么，让他那么乐？”导游抢着说：“王兄两天前就跟我学这两句德语，现在终于用上了，这两句德语翻译成中文就是——你的驾驶技术十分高超，愿平安永远与你相伴！”

二

一位同事的婆母去世了，我们前去吊唁。

我们约略知道小区的所在，以为这就可以了。因为根据以往的经验，想要找到办“白事”的地方并不难，因为一来要放哀乐，二来要打纸幡的。但是，我们的车在小区里转了半天，硬是没有找到那个同事婆母的家。后来，我们只得打电话询问门牌号。

我们问那个同事，为什么把“白事”办得这么悄无声息？她流着眼泪告诉我们说：“我婆婆是个处处都为别人打算的人，临终时，她特意把两个儿子叫到床前，嘱咐他们说：‘记着，我死后千万不要放哀乐，也不要打纸幡，因为楼下的孩子刚刚满月，不该听到那样的音乐；隔壁的小夫妻结婚还不到半年，不能在门口打白幡给人家添晦气……’”

下楼的时候，我们看到许多人站在楼道里，默默垂泪，给这位好人送行。

三

“最分散的团圆”——你会觉得这个句子奇怪吗？

一个姑娘，就要做新娘了，她想邀请她亲爱的哥哥来参加自己的婚礼，但是，哥哥早已在一场车祸中丧命了，但是（又一个但是），哥哥还是来参加了她的婚礼！

你可能觉得这样的故事太离奇，可它就发生在太阳底下。原来，哥哥丧命之后，他的家人把他的器官分别捐献给了五个人，那五个人在获得了这份珍贵的捐献之后，得以继续存活，哥哥的生命也得以在那五个人身上延续。所以，在妹妹的婚礼上，“哥哥”便以这样一种特殊的方式前来祝福。

有的人，在“死”了之后本还可以继续“活”下去，可我们常常以这样或那样的理由剥夺了他活下去的权利。上帝仁慈地留下的那完好的器官，令人惋惜地充当了陪葬品。

“最分散的团圆”，它是用来安抚世界上所有不幸的“哥哥”的，也是用来安抚世界上所有不幸的“妹妹”的。

只是在那一刻，“不幸值”被会爱的人降到了最低，低到可以进入“幸运”的疆界。

四

在一个访谈类的节目中，我看到了敬一丹，这一次，她是作为采访对象出现的。

在节目中，敬一丹说她女儿曾经疑惑不解地问过她这样一个问题：“妈妈，你怎么总是对那些让人郁闷的事感兴趣呢？”电视机前的我都被这个问题问笑了，但我笑得不轻松。

敬一丹不是个逗人开怀的形象，她的眉头锁着太多的忧戚。那天被采访的人很多，都是些“上镜率”很高的面孔。当问到大家的愿望时，他们回答得都很妥帖，甚至很精彩。但是，只有敬一丹所说的“愿望”深深触动了我的心。她说，她希望大家在遇到农民工的时候，能给他们一个“友善的眼神”；她还表示自己愿意充当这样一个志愿者——走近那些没有母亲照看的进城务工人员的孩子，去“抱一抱他们”，“亲一亲他们”。敬一丹说得很动情。我相信那是从一个母亲的心底流出的声音。

正因为有人对“让人郁闷的事”感兴趣，所以，我们才可以期待这个世界上那“让人郁闷的事”越来越少。

五

一位小学特级教师应邀到外地讲课。大礼堂里坐着上千名听课者。

学生是临时从附近学校里“借”来的，孩子们既兴奋又紧张。要读课文了，孩子们齐刷刷地举起了小手。

老师随意点了一个胖胖的男孩，这个孩子一开口就把句子念错了。老师柔声提醒他看清楚再念，他居然结巴起来。邻座的一个男生忍不住笑了，举手想替这个同学读，但老师没有应允。老师耐心地鼓励胖男孩重来，胖男孩的额头渗出了汗水，总算把那个句子念顺当了。老师示意他坐下，然后，走到那个发笑的孩子身边，问他：“你想评价一下他的阅读吗？”那个男孩站起来，伶牙俐齿地说：“他急得出了满头大汗，才把一个句子念好了。”老师说：“应该说，他为了念好一个句子，急得出了满头大汗——请你带个头，我们一起用掌声鼓励他一下，好吗？”

在我看来，这位非凡的老师给了弱者尊严，给了强者仁爱，更给了所有孩子看世界的眼睛。

让生命在每一刻都说出得体的话

不造作，不夸饰，不张扬，在熨帖中开出最美的花朵。

很好的秋日阳光，空气中弥散着迟开花朵的芬芳。我站在一个儿童摄影棚前等人。突然，一个小女孩把童车骑到了我跟前，险些撞到我。我赶忙躲她，不想她竟追过来。我只好无奈地冲她笑了。她也冲我笑—— 一个仙子般的小姑娘。“阿姨，”她指着儿童摄影棚外墙上足有两米高的巨幅照片对我说，“这是我。”我这才注意到，原来，这骑童车的女孩竟是那巨幅广告上的小模特！我看看照片，再看看身边的女孩，不住地夸说“漂亮”。女孩得意得不得了，头摇尾巴晃的，像条欢快的小狗。

不由想起了发生在南怀瑾大师身上的一件事。有一回，南怀瑾乘火车从台北去台南，身边坐了一个年轻人，捧着一本书入神地看。南怀瑾瞟了一眼他手里的书，随口问了句："有那么好看吗？"年轻人做出了肯定的回答，并说自己一直十分喜欢读这位作家的作品。南怀瑾说："哦。那我回头也买一本来看看。"——那本书的作者正是南怀瑾。

我喜欢女孩不依不饶追着我这个陌生的"阿姨"，邀宠般地告诉我说那墙上的照片就是她，她说破，是因为她透明；我也喜欢南怀瑾不曾道出自己就是那本"好看"的书的作者，他缄口，是因为他蕴藉。

我不能接受女孩抛却一派天真，扮演大师的深沉；也不能接受大师抛却沉静内敛，扮演女孩的单纯。

我愿意拟想，大师也曾拥有无饰无邪的童年，愿意将自己的美事、乐事、幸事张扬天下，不惧人讥，不怕人妒。就像花不会藏掖自己的芬芳，透明的心也不会藏掖自己的景致。那么没道理，那么没章法，反正就是让童车冲到你脚下，纠缠着你，迫着你唱赞美诗。这让你很便捷地就怀了一回旧，你生了锈的感觉在一颗开花的童心面前一下子生动起来，摇曳起来。

我更愿意拟想，女孩将一步一步修行，直到学会对着岁月深处那个急煎煎向路人�扈地炫耀自我的女童发出不屑的哂笑。南怀瑾大师特别看重生命的"庄严感"，庄严的生命必是摒弃浮华、拂去尘屑的。一个拥有了美好的"精神目标”的人，断不会热衷于在生活的大海中钓取廉价的恭维与褒扬；只有虚妄的心，才会那么黏，总是试图黏住更多激赏的目光。

行走世间，我多么希望自己有一双善于撷取的手。撷取了天真，就在这一刻欢悦吧；撷取了内敛，就在这一刻凝思吧。而在这两个故事的连接处，我愿意试着绣上自己细密的心思——告诉自己，或许，这一边，正是我渐去渐远的昨日，那一边，恰是我愈行愈近的明朝。揽万物以为镜，窥见自我一息一变的心颜。不是所有的“可爱”都适宜窖藏，此时的口无遮拦，彼时可能就变成了庸俗轻浅。风度，往往与一个人自知度呈“正相关”。对一个个体生命而言，没有恒久不变的“一派天真”，也没有与生俱来的“沉静内敛”。自觉修行的生命，会在每一刻都说出得体的语言，不造作，不夸饰，不张扬，在熨帖中开出最美的花朵。